刀锋之先

[美] 劳伦斯·布洛克—著
林大容—译

后浪出版公司　四川人民出版社

我在一间下等酒吧坐着

就在第五十二号街，

心神不定且忧惧，

当狡猾的希望终结了

一个卑劣欺瞒的十年：

愤怒与恐惧的电波

在地球光明和晦暗的

陆地间往来传送，

纠缠着我们的私生活；

死亡那不堪提及的气味

侵扰了这九月之夜

　　　　　——W. H. 奥登[①]

[①] 选自《奥登诗选：1927—1947》，W. H. 奥登著，马鸣谦，蔡海燕译，上海译文出版社，2014年。

每次想象这件事,我脑子里总是一个完美夏日,太阳高高地挂在明亮的蓝天中。当然,这是在夏天,但我无从知道天气,或甚至是不是发生在白天。某个跟这件事有关的人提到了月光,不过他也不在场。或许他的想象中出现了月亮,就像我的想象选择了明亮的太阳、蓝色的天空,还有飘散着的棉絮般的白云。

他们待在白色农舍敞开的门廊上。偶尔我会想象他们在屋里,坐在厨房的松木餐桌上,但我更常想象他们坐在门廊上。一个大玻璃壶里装满了葡萄柚汁掺伏特加,他们坐在门廊喝着"咸狗"鸡尾酒。

有时我想象他们在农场散步,手牵着手,或者搂着彼此的腰。她喝了很多酒,因此变得话多而亢奋,脚步有些不稳。她对着牛哞哞地叫,对着鸡咯咯地喊,还朝着猪发出哼哼的叫声,然后嘲笑全世界。

或者我会看到他们穿过森林,出现在溪水旁。数百年前有位法国画家,笔下总是理想中的乡村景色,赤足的牧羊人和挤牛奶女工在大自然中嬉戏。我想象中的画面可能就是他画过的。

现在他们在溪边，一丝不挂，然后在凉凉的草地上做爱。

我的想象在这个地方受到了限制。或许只是对别人隐私的尊重而已，反正我脑中只有她脸部的特写画面。她脸上的表情不断变化，然后他们就像梦中的报纸文章一般，在我可以看清楚之前就已经变形模糊了。

他亮出刀子，她睁大了眼睛，然后他们两个的影像变模糊了。一片云飘过来遮住了太阳。

这是我的想象，我并不认为我的想象跟实际情况很接近。怎么可能接近呢？即使是目击证人的证词也是出了名的不可靠，何况我根本没有亲眼目击。我没见过那个农场，甚至不知道那儿是不是有条小溪。

我也从没见过她，只看过照片。我现在就看着其中一张。我好像可以看到她脸上表情的变化，还有她睁大的眼睛。不过我当然看不到这些，根据这些照片，我只能看到时光冻结的那一刻。这不是魔术照片，你不能从中看到过去或未来。如果你把照片翻过来，就会看到我的名字和电话，不过只要再翻过去，就永远是那个姿势，她嘴唇微张，双眼看着镜头，谜一样的表情。你想看多久就看多久，可是照片不会告诉你任何秘密。

这点我明白。我已经看得够久了。

纽约有三个著名的演员联谊团体，几年前一个名叫莫里斯·詹金斯－劳埃德的演员曾给这三个联谊会作了个简单的注解。"'戏剧家'是绅士，"他拿腔拿调地说，"却要装成演员。'羔羊'是演员，却要装成绅士。至于'修士'呢——'修士'是两者皆非，却要装成两者皆是。"

我不知道詹金斯－劳埃德属于哪一类。我认识他的时候他大多数时间都醉醺醺的，却假装自己很清醒。他常去阿姆斯特朗酒吧，就在西五十七街和五十八街之间的第九大道上。他总是喝帝王牌苏格兰威士忌加苏打水，可以喝上整天整夜而面不改色。他喝了酒从不提高嗓门、从不出丑、从不会摔下椅子。到了夜深时分或许说话会有点不清楚，但也不过就是这样。戏剧家、羔羊，或修士，他喝酒像个绅士。

死得也像个绅士。他死于食道破裂时，我还在酗酒。一般来说这不会是酒鬼的头号死因，不过好像也没听说过哪个不喝酒的人会因此而死。我不确定造成食道破裂的确切原因，也许是多年来从食道灌酒下去累积的恶果，也许是每天早上总要吐一两次造成的食道紧绷所致。

我已经很久没想到莫里斯·詹金斯－劳埃德了，

现在想到他，是因为我正要去参加匿名戒酒会的聚会，地点就在一栋建筑的二楼，那儿曾经是羔羊俱乐部的会址。这栋位于西四十四街的高雅白色建筑，几年前成为羔羊俱乐部无法负担的奢侈品，于是他们卖掉房子搬到中城，和另一个社团共用办公室。有个教会组织买下了这个产业，现在成了实验剧场，并提供给其他教会活动使用。星期四晚上，匿名戒酒会的"新开始"团体会象征性地付点钱作为会议室的使用费。

聚会从八点半到九点半。我提早十分钟到那儿，向会议主席作了自我介绍，然后倒了咖啡，坐到他指定的位置。这个长方形的大会议室里放了十张六脚桌子，我的位置离门很远，就在主席旁边。

到了八点半，大约有三十五个人围着房间里的桌子各自坐下，用一次性杯子喝咖啡。主席宣布会议开始，念了匿名戒酒会开场白，然后叫一个人念了《戒酒大书》第五章里的一部分。他又宣布了几件事——周末上西区有一个舞会，默里山有一个团体的周年庆，酗酒者亲友互助协会成立了一个新团体，第九大道犹太教堂的那个团体因犹太假期取消下两次聚会。

然后主席说："我们今晚的演讲人是马修，来自'戒酒很简单'团体。"

我很紧张，那是当然的。一踏进这个地方我就开始紧张，每回我当演讲人之前都会这样，不过紧张会过去。他介绍我时，全场响起一阵礼貌的掌声，掌声停息后，我说："谢谢，我名叫马修，我是个酒鬼。"然后紧张感就消失了，于是我坐在那儿开始讲我的故事。

我讲了大约二十分钟，不记得说了些什么。基本上你就是讲以前如何如何，接着发生了什么事，然后现在如何如何。我就是依样画葫芦，不过每回讲的内容都不一样。

有些人的故事极富启示性，有资格上电视。他们会告诉你他们以前在东圣路易斯如何贫困潦倒，如今他们是前途光明的IBM总裁。我没有这类故事可讲。我还是住在原来的地方，做原来的事情维生。不同的是我以前喝酒现在不喝，这就是我所得到的启示。

我说完后，另一轮掌声响起，然后大家传递篮子，每个人在里头放个一块或两毛五或什么也不放，算是场租和咖啡费用。休息五分钟后，会议重新开始。每个聚会的形式不一样，这个聚会是全场每个人轮流说两句。

会议室里我认得的人大概有十个，还有六七个看起来眼熟。有个方下巴的红发女人从我曾经当过警察的事情说起。

"你可能来过我家，"她说，"警察每星期来我家一次。我和我丈夫喝了酒就会打架，有些邻居会打电话报警，然后警察就会跑来。有个警察连续来了三次，我们就搭上了，他跟我也打架，又有人打电话找警察。那些人总是打电话叫警察来找我，就算事情是因为我跟一个警察在一起所引起的也一样。"

九点半我们念过主祷文后结束聚会。几个人过来跟我握手并谢谢我带头发言。其他大部分人都匆匆忙忙冲出大楼，急着去抽烟。

外头是凉爽的早秋。溽暑已过，凉快的夜晚令人舒畅。我向西走了半个街区，有个男人从路旁的一个门洞里走出来，问我能不能给他点零钱。他穿着不配套的长裤和西装外套，脚上是一双破球鞋，没穿袜子。他看起来三十五岁，不过可能更年轻。街头生活会让你变老。

他需要洗个澡、刮个胡子、理个发。他所需要的远超过我所能给的。我给他的只是一块钱。我从裤兜里摸出来，放在他手心里。他谢我并说上帝保佑我。我又开始走，快走到百老汇大道转角时，听到有人叫我的名字。

我转头，认出喊我的是一个叫埃迪的家伙。他刚刚参加了那个聚会，我偶尔也会在其他聚会上碰到他。他急步跟上我。

"嘿，马修，"他说，"想不想去喝杯咖啡？"

"我开会时喝过三杯了，还是直接回家吧。"

"你往北走？我跟你顺路。"

我们从百老汇大道拐到四十七街，穿过第八大道，右转继续朝北走。沿路有五个人跟我们要钱，我拒绝了其中两个，给了其他三个每人一块钱，并得到了他们的致谢和祝福。第三个人拿了钱并祝福我之后，埃迪说："天啊，你一定是全西区最心软的人了。你怎么搞的，马修，没办法说不吗？"

"有时候我会拒绝他们。"

"不过大部分都不会。"

"大部分不会。"

"我前两天看到市长上电视，他说我们不该给街上的人钱。他说他们半数都有毒瘾，只会拿那些钱去买毒品。"

"对，而另外一半会把钱花在食物和住所上。"

"他说本市会免费提供床和热的食物给任何需要的人。"

"我知道，这让你想不通为什么还有那么多人睡在街边，翻垃圾箱找东西吃。"

"他也想严厉对付那些擦玻璃的人。知道吧？就是那些帮你擦汽车挡风玻璃的家伙，也不管玻璃脏不脏，擦完了就伸手跟你要钱。他说他不喜欢那些家伙把街道弄成这样，难看。"

"他是对的，"我说，"他们也都是身强体健的人，完全可以出去作奸犯科或袭击卖酒的杂货店，这样大家就看不到了。"

"看来你不怎么支持市长。"

"我想他还可以,"我说,"虽然我觉得他的心眼只有葡萄干那么大,但或许这是担任市长的一种必备条件。我尽量不去注意谁是市长,或者他说了些什么。我每天都送出几块钱,如此而已。损害不了我什么,也帮不了别人太多忙,不过就是我这阵子在做的事情罢了。"

"街上总是少不了讨钱的人的。"

的确,整个城市都可以看到他们,睡在公园里、地铁隧道里、公交车和火车的候车室里。有些有精神问题,有些有毒瘾,还有些只不过是在人生的赛跑中踏错一步,就再没有容身之处。没有住所就很难找到工作,很难在面试时让自己保持体面,不过其中某些人"曾经"有过工作。纽约的公寓很难找,也很难负担得起;有房租、管理费和中介公司的佣金要付,可能得花两千块以上才能住进一所公寓。就算你能保住一份工作,又怎么能存得了那么多钱呢?

"感谢上帝我有个地方住,"埃迪说,"你大概不会相信,那是我从小长大的公寓。往北走一个街区再左转穿过两个街区,靠近第十大道那儿。它不是我最早住的地方,原来的地方已经消失了,整栋楼拆掉,盖了所新的高中。我们搬出那儿是在我,记不清楚了,九岁吧?一定是,因为那时候我三年级。你知道我坐过牢吗?"

"三年级的时候,不会吧?"

他笑了："不是，那是再后来的事了。事情是这样的，因为在绿港监狱的时候我老爸死了，我出狱后没有地方可待，就搬去跟我妈一起住。我不常在家，那儿只不过是个让我放衣服和东西的地方，不过后来她生病了，我就留在那儿陪她，她死后我继续住着。四楼，有三个小房间，不过，马修，你知道，那是因为房租管制。一百二十二元七毛五一个月。城里像样点儿的旅馆，妈的，一个晚上就得付这么多钱。"

而且，让人惊讶的是，那一带都开始高级起来了。地狱厨房百年来一直是个险恶、粗悍的区域，现在地产商改口称此处为克林顿，而且把出租公寓改成共管公寓，每户卖六位数的价格。我永远也想不明白穷人去了哪里，或者有钱人是从哪儿来的。

他说："美丽的夜，不是吗？当然我们还来不及欣赏，就会抱怨太冷了。有时候你会被热个半死，紧接着又忽然发现夏天怎么就过完了。夜里总是冷得特别快，呃？"

"大家都这么说。"

他三十好几了，五英尺八或五英尺九，瘦瘦的，皮肤苍白，黯淡的蓝色眼珠。他的头发是淡棕色的，不过现在开始秃了，后退的发际线加上龅牙，让他看起来有点像兔子。

就算我不知道他坐过牢，或许也猜得到，虽然我无法解释为什么他看起来就是像个混混。或许是综合印象吧,虚张声势加上鬼鬼祟祟,那种态度表现在他的双肩和犹疑不定的眼神里。我不会说这些看起来很显眼,不过第一次在戒酒聚会上注意到他,我就想着这家伙以前干过坏事,他看起来就像会走上歪路的那种人。

他掏出一包香烟递给我一支,我摇摇头。他自己拿了一支,擦了火柴点烟,双手拢起来挡风。他喷出烟,然后把香烟夹在大拇指和食指之间瞧。"我应该戒掉这些操蛋的小毛病,"他说,"不喝酒却死于肺癌,概率有多大?"

"你多久没喝酒了,埃迪?"

"快七个月了。"

"了不起。"

"我参加聚会快一年了,不过花了好一阵子才停止喝酒。"

"我也不是马上就戒掉的。"

"是吗?呃,我挣扎了一两个月,然后我想,我还是可以抽大麻,因为,该死,大麻不是我的问题,酒精才是我的问题。不过我想在聚会里听到的那些事情逐渐产生了影响,然后我把大麻也戒掉了。现在我已经快七个月完全不沾了。"

"好厉害。"

"我想是吧。"

"至于香烟，据说一口气想戒掉太多东西，不是个聪明的办法。"

"我知道，我想等我戒满一年再说吧。"他深深吸了一口，烟头烧得亮红。"我家就往这儿走，你确定不过去喝杯咖啡？"

"不要了，不过我跟你一起走过第九大道吧。"

我们走过穿越市内的漫长街区，然后在街角站着聊了几分钟。我不太记得我们都聊了些什么。在街角时，他说："主席介绍你的时候，说你所属的团体是'戒酒很简单'。就是在圣保罗教堂聚会的那个吗？"

我点点头："'戒酒很简单'是正式名字，不过每个人都只叫它'圣保罗'。"

"你常常去？"

"偶尔。"

"或许以后我会在那儿见到你。唔，马修，你有电话什么的吗？"

"有，我住在一家旅社，西北旅社。你打到前台他们就会转给我。"

"我该说找谁？"

我盯了他一秒钟，然后笑了。我胸前的口袋里有一小叠皮夹大小的照片，每张背面都用印章盖上了我的名字和电话。我掏一张出来递给他。他说："马修·斯卡德。这就是你，呃？"他把卡片翻过来，"可是这不是你。"

"你认得她吗?"

他摇头:"她是谁?"

"我在找的一个女孩子。"

"难怪你要找。如果找到两个的话,分一个给我。这怎么回事,你的工作吗?"

"答对了。"

"美女一个。年轻,至少拍照的时候如此。她多大?大概二十一吧?"

"现在二十四了。照片是一两年前拍的。"

"二十四,真年轻,"他说,又把照片翻过来,"马修·斯卡德。真滑稽,你知道某个人最私密的事,却不知道他的名字,我是指姓。我姓邓菲,不过说不定你已经知道了。"

"原先不知道。"

"等我有了电话再给你。一年半前因为没付电话费被切断了,这几天我会去办理恢复通话。跟你聊天真不错,马修。或许明天晚上我会在圣保罗见到你。"

"我大概会去。"

"我一定会去。你保重。"

"你也是,埃迪。"

等到绿灯亮了,他快步过马路。走到一半又转头朝着我笑,"我希望你找到那个女孩。"他说。

那天晚上我没找到她,也没找到任何女孩。我走完剩下的路回到西五十七街,停在旅社前台前。没有留话,不过雅各布主动告诉我,有三通电话打来找过我,每隔半小时一通。"可能是同一个人打的,"他说,"他没留话。"

我上楼回房,坐下来打开一本书,没看几页电话就响了。

我拿起听筒,听到一个男人说:"斯卡德吗?"我说是。他说:"赏金是多少?"

"什么赏金?"

"你是在找那个女孩的人吗?"

我可以挂了电话,不过我说:"什么女孩?"

"一面是她的照片,另一面是你的名字。你没在找她吗?"

"你知道她在哪儿?"

"先回答我的问题,"他说,"赏金是多少?"

"可能很少。"

"很少是多少?"

"要发财还不够。"

"说个数字。"

"或许两百元吧。"

"五百元怎么样?"

价钱其实不重要,他没东西可以卖给我。"好吧,"我同意,"五百元。"

"妈的,可真不多。"

"我知道。"

停了一下,他爽快地说:"好吧,你照我说的去做。半个小时后,你到百老汇大道和第九大道的交叉口,在朝着第八大道的那个街角等我。身上带着钱,没钱的话,你就不必来了。"

"这个时间我没办法弄到钱。"

"你身上没有那种二十四小时的银行卡吗?妈的。好吧,你身上有多少钱?你可以先给一部分,其他的明天再给,不过可别不当一回事,因为那个妞儿明天可能就换地方了,懂我意思吧?"

"你不会知道我有多懂。"

"你说什么?"

"她叫什么名字?"

"什么?"

"那个妞儿叫什么名字?"

"找她的人是你。难道你他妈的不知道她的名字?"

"你不知道,对不对?"

他考虑着。"我知道她'现在'用的名字。"他说。这是最蠢的耍诈手法。"或许跟你知道的不一样。"

"她现在用什么名字?"

"呃——这包括在你要用五百块买的消息里面。"我买到的将会是勒住我气管的手臂,或许还会有把刀子抵在肋骨间。真有消息可以提供的人绝对不会一开始就问赏金,也不会跟你约在街角。我觉得够了,该挂他的电话了,可是他可以再打来。

我说:"你先闭上嘴。我的顾客没有提出任何赏金,要等找到那个女孩再说。你根本没有东西可以卖,所以也休想从我这儿挖到一个子儿。我不想跟你在街角碰面,就算要去,我也不会把钱带在身上。我会带一把枪、一副手铐,外加一个帮手。然后我会把你带到哪个地方好好修理一顿,直到我确定你什么都不知道为止。然后我会再继续多修理你一下,因为我很生气你浪费我的时间。这是你想要的吗?你还想在街角跟我碰面吗?"

"操你妈的——"

"不,"我说,"你搞错了,你妈才被操。"

我挂上电话,"混蛋。"我大声说,也不知道是对他还是对自己。然后我冲个澡,上床睡觉。

那个女孩名叫保拉·赫尔德特克，我并不真指望能找到她。我曾打算照实告诉她父亲，不过告诉别人一件他们没有心理准备听到的事是很难开口的。

沃伦·赫尔德特克有个大大的方下巴和一张大脸，一头像钢丝一样的胡萝卜色浓发已经泛灰。他是印第安纳州曼西市的斯巴鲁车商，我可以想象他自己当电视广告的主角，指着一堆汽车，面向镜头告诉人们，在赫尔德特克的店里买斯巴鲁最划算。

保拉在赫尔德特克家六个小孩中排行老四，毕业于曼西市当地的鲍尔州立大学，"大卫·莱特曼[①]以前也念过那个学校，"赫尔德特克告诉我，"你大概听说过吧，当然那是在保拉之前好久的事情了。"

她主修戏剧艺术，一毕业就去纽约了。"要走戏剧这条路，在曼西或这个州的任何一个地方都不会有前途，"他告诉我，"你得去纽约或加州。可是我不知道，就算她不是想当演员想疯了，我想她也还是会走的。她有那种逃走的冲动。她的两个姐姐都嫁了外地人，可是两个人的丈夫都决定搬到曼西来。她哥哥戈登和我一

[①] 大卫·莱特曼（David Letterman, 1947— ），美国知名电视脱口秀主持人、喜剧演员、电视节目制作人。

起做汽车生意。我还有一儿一女还在念书，谁也说不准他们以后会跑去哪儿，不过我猜想他们还是会住在这附近。可是保拉，她有流浪癖，她能留在本地念完大学我就已经很高兴了。"

　　她在纽约进修表演课程，当女招待，住在西五十街，此外她不断参加各种选角面试。她曾在第二大道一个商店的店前广场参与《城市另一边》的展演，还参加过西格林威治村一出叫《亲密好友》的台词排演会。他把一些演出的戏单拿给我，还指着演员表下头她的名字和简单的介绍给我看。

　　"她演戏没有酬劳，"他说，"拿不到的，你知道，刚起步都是这样。那些戏是让你有机会表演，让某些人认识你——经纪人、选角指导、导演。你以前听说过那些演员的高片酬，哪个人演一部电影拿五百万片酬之类的，不过大部分演员演很多年都只赚一点钱，甚至拿不到钱。"

　　"我了解。"

　　"我们想去看她演的戏，她妈妈和我。不是念台词那出，那只不过是一群演员站在台上照剧本念念台词，听起来没什么意思，不过如果保拉希望我们去，我们也会去。但是她连那场演出都不希望我们去看，她说那出戏不怎么样，而且反正她只是演个小角色。她说我们应该等到她演个像样点儿的戏再去看。"

　　她最后一次给家里打电话是在六月底，听起来她过得还不错。她说可能会出城去避暑，可是没有谈到细节。过了两星期没接到她的消息，他们就开始打电话给她，不断在她的电话答录机里留言。

"她很少在家，她曾说她的房间又小又黑又丧气，所以她很少待在那儿。前几天去看过之后，我了解为什么了。其实我没真去那个房间，只是看了那栋建筑和楼下前厅，可是我可以了解。在纽约花一大笔钱住的房子，换成别的地方早就该拆掉了。"

就因为她难得在家，所以她父母平常很少打电话给她，而是有一套暗号系统。她每隔两三周会在星期天打叫人的长途电话回家，说要找她自己。他们会告诉接线员说保拉·赫尔德特克不在家，然后再打长途电话回去给她。

"这也没有真占到电话公司的便宜，"他说，"因为打叫号电话回家的电话费是一样的，可是采取这个暗号的话，电话费由我们付而不是由她付，她就不会急着挂电话，所以实际上电话公司还可以多收点钱。"

可是她没打电话，也没有回复答录机里的留言。到了七月底，赫尔德特克和他太太还有小女儿开着一辆斯巴鲁，北上到达科他旅行一星期，在牧场骑马，还去恶地国家公园和拉什莫尔山看了四个总统的岩石头像。回家时是八月中，他们打电话给保拉，这回没答录机了，而是一个录音通知他们这个电话号码暂停使用。

"如果她出门避暑，"他说，"有可能会为了省钱而停掉电话。可是她会不通知任何人就走吗？这不像她。她可能会一时兴起去做什么事，可是她会跟你保持联络，让你知道她的情况。她很有责任感。"

不过也不尽然，她并不是凡事可靠。她从鲍尔州立大学毕业后的三年，偶尔也会超过两三个星期没打电话回家。所以她可能是去哪儿避暑，玩得忘了该跟家里联络；也可能她试着打电话回家时，她的父母正骑在马上，或者正在风穴国家公园徒步。

"十天前是她母亲的生日，"沃伦·赫尔德特克说，"结果她没打电话回家。"

"这种事她不会忘记吗？"

"从来不会。也许她会忘记，没打电话回家。但如果是这样，她第二天就会打。"

他不知该怎么办。他打电话到纽约跟警方联络，却没有任何结果，这也猜得到。于是他跑去找一个全国性侦探社的曼西市分社，他们的纽约办公室派了一个调查员去她最后一个住所，确定她已经不住在那儿了。如果他肯再付一大笔钱，那个侦探社很乐意再继续追查。

"我心想，他们拿我的钱做了些什么事？去她住过的地方，知道她已经不住在那儿？这些事我自己也可以做。所以我就搭飞机赶过来了。"

他去过保拉以前住的那栋套房出租公寓。她在七月初就已经搬走了，没留下转信的地址。电话公司拒绝告诉他任何新消息，而且问题是电话也早就被停掉了。他去她曾工作过的那家餐厅，发现她早在四月就已经不干了。

"说不定她跟我们提过这件事，"他说，"她到纽约之后，至少换过六七个工作，我不知道她每次换工作是不是都告诉过我们。她会因为小费太少，或者跟同事合不来，或者因为老板不让她请假去参加试演而换工作。所以她可能辞掉最后一个工作去别的地方了，只是没告诉我们，或者她告诉过我们，我们忘记了。"

他想不出自己还能怎么办，于是就去找警察。得到的回答是，第一，这并不在警察的工作范围内，她显然没有通知父母搬家的事，但她是个成年人，她有法定权利这么做。警方的人也告诉他，他耽搁得太久了，她已经失踪将近三个月，即使原来有任何线索，现在也都已经很难追查了。

负责的警官告诉他，如果他想继续追查，最好去找私家侦探。照规定警方不能建议任何特定的侦探，不过，那个警官说，或许他把自己要是碰到这种事情会怎么处理的方式告诉他也没关系。有个家伙叫斯卡德，事实上，他以前当过警察，住的地方刚好离赫尔德特克先生的女儿以前的住所很近，而且——

"那个警官是谁？"

"他叫德金。"

"乔·德金，"我说，"他人很好。"

"我喜欢他。"

"是啊，他人不错。"我说。我们坐在西五十七街的一家咖啡店，隔着几个门面就是我住的旅社。我们到的时候已经过了午餐时间，所以我们就进去喝了点咖啡。我已经续杯了，赫尔德特克面前摆的还是第一杯。

"赫尔德特克先生，"我说，"我不确定我能符合你的需求。"

"德金说——"

"我知道他说些什么。事情是这样子，你找以前用过的那家侦探社，就是在曼西市有分社的那家，可能会得到更好的服务。他们会多派几个人手来调查这个案子，而且他们的调查报告会比我更清楚。"

"你的意思是，他们会做得更好？"

我想了想。"不，"我说，"不过或许他们会让事情看起来是如此。有一点，他们会提供你详尽的报告，把他们做了什么事、跟哪些人谈过、发现了些什么都告诉你。他们会记下详细的费用，把他们花在这个案子上头的每个小时都列入账单。"我啜了口咖啡，把杯子放回托碟里，身子前倾。"赫尔德特克先生，我是个相当不错的侦探，但我一点也不照章行事。你想要一个本州发的侦探执照，我没有，也从没想过要花心思去申请一张。我不会详细列出我的费用,不会记录我花了多少个小时,也不会提供细节的报告。同时我也没有办公室,这就是为什么我们会坐在这里喝咖啡。我真正有的,就是这几年所累积的一些当侦探的直觉和能力,我不确定你想雇用这样的人。"

"德金没告诉我你没有执照。"

"其实他可以讲的,这又不是秘密。"

"你想他为什么会推荐你?"

我一定是迟疑了一下,或许我不是很想接这个工作吧。"部分原因是他希望我给他介绍费。"我说。

赫尔德特克的脸色一暗。"他也没提到这个。"他说。

"我不意外。"

"这样很没职业道德,"他说,"不是吗?"

"没错,不过首先他推荐任何人都不太符合职业道德。而且虽然我会给他一点佣金,但除非他觉得我是适合你雇用的人选,否则他也不会向你推荐。他或许是觉得我对你有好处,而且不会跟你耍花招坑你。"

"你是吗?"

我点点头:"不耍花招的一部分,就是事先告诉你,你很可能会浪费你的钱。"

"因为——"

"因为她可能会自己出现,或者永远找不到。"

他沉默了一会儿,想着我刚刚说的话。我们都还没提到他女儿已经死了的可能性,而且看起来大概都不打算提,不过这并不表示我们可以轻易地避免想到这一点。

他说:"我会浪费多少钱?"

"我想你应该先给我一千元。"

"那是订金还是聘请费之类的?"

"我不知道你想怎么称呼它,"我说,"我没有每日固定费用,也不会记录我花了多少时间。我只是去做些我觉得有机会的事情。一个案子要起头有一些基本步骤,我会从这些步骤开始,不过我并不指望真出现什么有用的线索。接着就会有一些我可以做的事情,我们会知道能不能追下去,或者该怎么追。等我觉得一千块钱花光了,我会再跟你要钱,你可以决定要不要付给我。"

他无奈地笑起来。"不怎么有条理的方法。"他说。

"我知道。恐怕我不是个很有条理的人。"

"你的方式很特别,让我有了些信心。一千元——我想你的开销是额外计算的吧?"

我摇摇头:"我不太动脑子考虑费用的事情,而且我宁可自己付钱也不替客户记账。"

"你要不要在报上登广告?我想过自己去登,可以在寻人栏登启事,或找张她的照片登广告悬赏。当然这部分不包括在给你的一千元里头。要登广告的话,可能同样要花一千元,或者更多。"

我的建议是不要。"登广告寻找失踪儿童她显得太老,"我说,"而且我不确定在报上登广告是个好主意。这样只会招来一些无聊的人和专门骗赏金的,他们什么都没有,只会找麻烦。"

"我一直在想她可能得了失忆症。如果她在报上看到自己的照片,或某个人看到——"

"嗯,有这个可能性,"我说,"不过我们先看看情况吧。"

最后,他给了我一千元支票、几张照片,还有他所有的资料——她最后一个地址、工作过的几家餐厅的店名。他还给了我那两张节目介绍单,我确信他手上一定还有很多份。我记下他在曼西的地址,还有家里和汽车展示店里的电话。"随时都可以打电话来。"他说。

我告诉他,除非我有了什么具体的事情可说,否则我不会打电话。但只要有需要,我一定会打。

他付了我们两个人的咖啡钱,又给了女招待一元小费。到了门口,他说:"我感觉很好,我想我踏出了正确的一步。你很诚实很坦白,我很欣赏这一点。"

外头,一个"三张牌芒提"[①]的摊子旁围了一小

[①] 三张牌芒提(three-card-monte)是一种街头牌戏,庄家把三张扑克牌一字排开,等人看清牌色后盖牌,再迅速交叉轮换。赌客可押其中某张牌在哪个位置。但庄家有各种作弊手法,基本上是一种利用人的贪婪心态而设的骗局。

群人,庄家要大家注意红色牌,他自己则注意提防着警察。

"我看透那种牌戏了。"赫尔德特克说。

"那不是牌戏,那是种小骗术、小欺诈。去玩的人从来不会赢的。"

"我就是看透这一点了,不过还是会有人去玩。"

"我知道,"我说,"真让人想不通。"

他走了之后,我拿了他给我的其中一张照片,到复印店印了一百张皮夹大小的副本。我回到旅社房间,找出刻有我姓名电话的橡皮图章,在每张照片后头盖章。

保拉·赫尔德特克最后一个为人所知的地址,是一个专门出租套房的公寓,这栋脏兮兮的红砖建筑位于五十四街,离第九大道的交叉口只有几户远。我赶到那儿的时候刚过五点,街上挤满了返家途中的上班族。入口大厅有个门铃盘,总共有五十来个按钮,角落有个标示着"管理员"的铃。按这个铃之前,我先检查了其他门铃上头的标签,没有保拉·赫尔德特克的名字。

管理员是个很高的女人,瘦巴巴的,有张三角脸,宽宽的额头往下收成个窄小的下颚。她穿了一件印花家居服,拿着一根点着的香烟。她先打量了我一会儿,然后说:"对不起,现在没空房,如果你找不到别的地方,过几个星期再来找我。"

"有空房间的话,房租是多少钱?"

"一星期一百二十元,但是好一点的房间还要贵一点,包括电费。没有厨房,但你可以弄个小电炉,无所谓的。每个房间都有个迷你冰箱,很小,但可以放些牛奶之类的,免得馊了。"

"我喝黑咖啡,不加牛奶。"

"那你大概不需要冰箱,不过也不重要,因为现在根本没有空房间,而且我想短期内也不会有。"

"保拉·赫尔德特克有电炉吗?"

"她以前是女招待,所以我想她是在工作的地方吃饭。你知道,我第一眼看到你以为你是警察,可是接着由于某些原因,我改变了想法。几个星期前有个警察来过,前几天又有个男人跑来,说是她父亲。长得真不错,满头亮红色的头发刚开始泛灰。保拉怎么了?"

"这正是我想查清楚的。"

"你想进去吗?我知道的都告诉过第一个警察了,后来也都告诉她父亲了。不过我想你另有些问题要问,一般都是这样的,不是吗?"

我随着她走进里头一条长廊,楼梯口的桌子上堆着一些信封。"大家都在这儿拿信,"她说,"邮差不会把信投进五十四个不同的信箱,而是把一大叠信就扔在这张桌子上。信不信由你,这样更保险,其他公寓的门厅会有信箱,不过常会有嗑药的来偷,找福利津贴的支票。我就住这儿,左边最后头的房间。"

她的房间很小,可是收拾得异常整齐。有一张大沙发床,一个直背木椅和一个扶手椅。还有一张有掀开式桌面的小枫木书桌,一个上了漆的抽屉柜,上头摆着电视机。地板上铺了拼花油毡布,在那上头又铺了一块椭圆形的镶边地毯。

她打开书桌翻着房租账册时,我找把椅子坐了下来。她说:"找到了,我最后一次见到她,是她最后一次来交房租的时候,七月六日。那是星期一,她固定在这一天交房租,她付了一百三十五元。她的房间不错,就在二楼,而且比较大。接下来的那个星期我没看到她,到了星期三我就去找她。一般要是到了星期三,房客还没交房租的话,我就会去找他们。我不会因为迟交两天房租就赶人,可是我会去找他们要钱,因为我遇到过一些人,如果我不去要,他们就永远都不付。

"我敲了她的房门,没人应,后来我下楼前又去敲了一次,她还是不在。第二天早上,应该是十六日星期四,我又去敲她的门,没人应,我就用我的备用钥匙进去,"她皱起眉头,"我为什么这么做?她早上通常会在家,不过也不一定,要是房租晚了三天没付,她就不会在。噢,我想起来了!有一封她的信放在那儿好几天都没拿走,我看到那封信好几回了,加上她的房租一直拖着没付——反正，我就开门进去了。"

"你发现了什么？"

"不是我害怕发现的事情。你知道，我们很不希望用这种方式进门。你是警察，我就不必多说了，是吧？那些人单独住在连家具出租的套房，你很怕打开他们的门会发现那种事情。感谢上帝，这次没有，她的房间是空的。"

"完全空的吗？"

"现在想想，倒也不是。她留下了寝具，房客得自备寝具。以前我会提供的，但后来我改变做法，呃，应该是十五年前的事吧。她的床单、毯子、枕头都还在床上。但柜子里没衣服，抽屉也是空的，冰箱里也没有食物。毫无疑问她搬出去了，走掉了。"

"我不懂她为什么要留下寝具。"

"或许她要搬去的地方提供寝具；或许她要离开纽约，没办法带走太多东西；又或许她只是忘了。你收拾行李打算离开旅社房间的时候，不会把床单和毯子带着，除非是想偷走，住在这儿就有点像是在住旅社。之前有几次我还得要求房客把床单留下来。老天在上，他们想拿走的可多了。"

她还打算继续讲，但我转移话题问道："你刚刚说她以前是女招待？"

"是啊，她就靠端盘子维生。她是个演员，或者应该说想要成为演员。我们这儿的房客很多都想进演艺圈,都是些年轻人。还有几个老房客住了好多年,靠养老金和政府补助过日子。我有个女房客,每星期只付我十七块三毛,你能相信吗?而且她住的是这栋房子里最好的房间之一。还有,我得爬五层楼去跟她收房租,有时候我连爬上去都懒得爬。"

"你知道保拉离开前那阵子在哪儿工作吗?"

"我连她有没有在工作都不知道。就算她告诉过我,我也不记得了,而且我怀疑她根本没跟我说过。我跟房客不太熟,你知道,顶多只是闲话家常而已,因为他们来来去去的。老房客会住到上帝叫他们回老家,不过年轻人一直搬进搬出、搬进搬出。他们可能受挫后搬回家,或者存了点钱换个普通公寓,或者结了婚搬走,诸如此类的。"

"保拉在这儿住了多久?"

"三年,快满三年了。她刚好是在三年前的这个礼拜搬进来的,我知道是因为她父亲来这儿的时候我查过。当然她两个月之前搬走,所以不算满三年。即便如此,她也算是房客里面住得非常久的。除了那些有房租管制的老房客之外,有几个住得比她久,不过并不多。"

"谈些她的事情吧。"

"谈什么?"

"不知道。她有些什么朋友?她平常做些什么?你观察力很敏锐,一定会注意到一些事情。"

"我是很敏锐,没错,不过我常常睁一只眼闭一只眼。你懂我的意思吧?"

"应该懂。"

"我有五十四个房间出租,有些房间比较大,由两个女生合租。我一度有过六十六个房客。我只计较他们安静不安静、好不好相处、交房租准不准时。我不计较他们靠什么赚钱。"

"保拉接客吗?"

"我没有理由这样想,不过我也不敢在《圣经》前面发誓说她不接。我打赌我的房客里至少有四个是用这种方式赚钱,可能还更多,但是我不知道是哪几个。要是哪个女孩起床出门去工作,我不会知道他们是去餐厅里端盘子,还是去按摩院做别的事,或者随便大家怎么称呼的那种事情。我们这儿的房客不准带客人来,这是归我管的;他们在外头做些什么,那就是他们自己的事了。"

"你没见过她的任何一个朋友吗?"

"她从没带过任何人回家,规定不准。我不笨,我知道大家偶尔会偷偷带人进来,不过我管得很紧,所以不会有人试图天天带人来。要是保拉跟这栋公寓里的女孩或任何小伙子很要好,那我也不会知道。"

"她没给你任何转信地址吗?"

"没有,自从她最后一次来交房租后,我就没再跟她讲过话。"

"那她的信你怎么处理？"

"退回给邮差。上头写个'已迁居，无转信地址'。她的信不多，只有电话单，还有每个人都会收到的那些垃圾邮件。"

"你跟她相处得还好吗？"

"我想是吧。她很安静，讲话很有礼貌，不会惹麻烦。她会付房租，三年之中只有几次交晚了。"她翻翻账本。"有回她一次付了两星期的房租，还有一次她几乎一整个月都没交房租，接下来她就每星期多付五十元，直到前面积欠的房租还清为止。如果跟房客处得比较熟，知道他们这方面信用还不错，我就会让他们用这种方式分期还清。不过不能让他们养成习惯就是了。有时候你得帮帮别人，因为每个人都偶尔会有手头紧的时候。"

"你觉得她为什么不跟你说一声就搬走了？"

"我不知道。"她说。

"没有任何想法吗？"

"你知道，有些人会这样的。就这么消失了，半夜里提着行李箱偷偷跑掉了。不过这么做的人通常都是拖欠了一个星期以上的房租，而她还没拖这么久。事实上，她可能已经付清了房租，因为我不确定她是什么时候走的。她最多也不过晚了两天，但据我所知，她星期一付了房租，隔天就走掉了，因为我记得在她最后一次付房租之后，和我用备用钥匙进她房间之前，中间我有十天没看到她了。"

"她什么都没说就走掉，看起来好像有点怪。"

"唔，或许她走的时候时间很晚，她不想吵到我。或者可能时间并不晚，但我不在。你知道，我一有机会就出去看电影。我最喜欢在工作日下午去看电影了，那时候电影院几乎是空的，只有你和银幕。我曾考虑弄个录像机，我就随时都可以看我喜欢的电影了，而且也不贵，租一部片只要两三块钱。可是那不一样，在自己的房间看自己的电视，屏幕又小小的。两者之间的差异，就好像在自家祈祷和在教堂祈祷一样不同。"

那天晚上我花了大概一个小时在那个套房公寓挨家挨户拜访，从顶楼开始一层层往下。大部分住户都不在。我跟六个房客谈过话，一无所获。谈过话的房客中，只有一个认得出照片里的保拉，但她根本不知道保拉已经搬走了。

我结束访问，临走时停在管理员的门前。她正在看一个电视猜谜节目，一直等到广告时间才招呼我。"这节目不错，"她说着，把电视声音关小，"他们找来上节目的人都很聪明，反应都很快。"

我问她保拉的房间是哪一个。

"她以前住十二号房间，应该是吧，"她查了查，"没错，十二号，就在二楼。"

"现在应该不是空的吧。"

她笑笑："我不是告诉过你，现在没有空房间吗？还不到一天就租出去了。我想想，那个姓普赖斯的女孩在七月十八日租下这个房间。我之前说保拉是什么时候搬走的？"

"不确定，不过你是在十六日发现她已经走掉的。"

"呃，查到了，房间是十六号空下来的，十八号租了出去。或许是在十七号租出去的，但房客第二天才搬进来。空房间根本不用去推销，我的单子上就有半打排队等着要租的人。"

"你刚刚说新房客姓普赖斯?"

"乔治娅·普赖斯。她是个跳舞的,过去一年多我的房客里有很多是跳舞的。"

"我想我会去看看她在不在。"我给了她一张照片。"如果你想到什么,"我说,"背后有我的电话号码。"

她说:"这是保拉,照得很好。你姓斯卡德?等一下,我给你一张名片。"

她的名片上印着:弗洛伦斯·艾德琳,套房招租。

"大家都叫我弗洛,"她说,"或者弗洛伦斯,都可以。"

乔治娅·普赖斯不在家,那天我也敲够门了,就在去戒酒聚会路上的一家熟食店买了个三明治边走边吃。

第二天我把沃伦·赫尔德特克的支票存进银行,提了一些现金出来,包括一百张一元钞票。我在裤子右侧兜里塞了几张。

走到哪里都会被讨钱,有时候我会拒绝,有时候我会伸手到口袋里拿一元给他们。

几年前我辞掉警察工作,离开妻子和儿子搬进现在住的旅社。大约就在那个时候,我开始把收入的十分之一捐出去,不管是什么样的收入,我都把十分之一拿出来给我刚好碰到的随便哪个教堂。有一阵子我常常去教堂,不知道自己在那儿寻找什么,也说不出自己是否找到了什么,但把我从随便什么人身上赚来的十分之一交出来,似乎让我有种莫名的安心。

戒酒之后,我又继续把十分之一收入捐给教堂,但那不再让我觉得心里好过,于是我就停了。可是这样心里也不好过,我的第一个想法是把钱捐给匿名戒酒会,可是匿名戒酒会并不募集捐款,他们会传帽子让大家丢点零钱以支付开销,可也只希望你每次聚会交个一块钱之类的就够了。

所以我开始把钱散给街上来跟我乞讨的人。这样似乎并不会让我安心,可是我还没想到更好的解决办法。

我确定某些人把我的施舍拿去买酒或买毒品,有什么不可以呢?你会把钱花在你最需要的东西上头。一开始我逢人就给,可是很快就放弃这种做法了。一方面是我觉得这样好像太嚣张了,同时感觉这样做好像成了一种工作,一种瞬间侦察的形式。我把钱给教堂的话,就不必去查明他们怎么用那些钱,他们花钱也不必经过我批准。就算他们拿那些钱去给教会的某个高层人员买凯迪拉克,我也乐意得很。那为什么我现在不乐意替毒贩的保时捷提供赞助呢?

我带着散财的心情,走到中城北区分局,拿五十元给乔·德金警探。

我先打过电话了,因此他在集合室等着我。我已经一年多没见过他了,可是他看起来还是老样子,胖了一点,不过还好。长年喝酒的影响已浮现在他的脸上,不过没理由戒酒,谁会因为几根血管破裂、脸颊微微泛红而戒酒呢?

他说:"不知道那个本田车商找到你了没。他有个德国名字,可是我不记得了。"

"赫尔德特克。另外他是斯巴鲁车商,不是本田。"

"是哦,还差得真多。管他的,马修,你还好吧?"

"不坏。"

"你看起来不错。过着干净的生活,对吧?"

"那就是我的秘诀。"

"早睡早起?多吃高纤维食物?"

"有时我会去公园把树皮啃下来。"

"我也是。我就是控制不了自己。"他伸手顺了顺头发。他的头发是深棕色的,接近黑色,而且根本不需要用手去捋,梳好以后就能一直在头皮上服服帖帖的。"看到你真好,你懂我意思吧?"

"看到你真好,乔。"

我们握了手,我手心里放了一张十元和两张二十元的钞票,握手时移到他手上。接着他的手不见了一下子,然后又空着出现了。他说:"我想你从他那儿可以得到一点好处的。"

"不知道,"我说,"我从他那儿拿了点钱,敲了几户门。我不知道这么做能有什么帮助。"

"你让他安心,就这样。至少他已经尽力了,你懂吧?你又没坑他的钱。"

"是没有。"

"我从他那儿拿了张照片,拿去停尸房比对。那儿有几具从六月至今都无人指认的白人女性尸体,不过都跟她的特征不符。"

"我猜到你会这么做。"

"是啊,我也只能做这些。这又不是警方的责任。"

"我知道。"

"这就是为什么我会介绍他去找你。"

"我知道,很感谢你。"

"这是我的荣幸。你现在理出什么头绪了吗?"

"现在还太早。只得知一件事,她是搬出去的,把所有行李都打包带走了。"

"哦,那很好,"他说,"她还活着的可能性增加了。"

"我知道,但还有很多事情没头绪。你说你去停尸房查过了,那医院呢?"

"你猜她是昏迷了?"

"有可能。"

"她家人最后一次跟她联络是在什么时候?六月?这也昏迷太久了吧。"

"有的人会昏迷好几年。"

"唔,那倒是真的。"

"她最后一次交房租是在七月六日。所以算起来,总共是两个多月。"

"还是很久。"

"对昏迷的人来说不算久,眨个眼就过去了。"

他看着我,他的淡灰色眼珠一向没有什么表情,不过现在带着一点恶意的戏谑。"眨个眼就过去了,"他说,"她从公寓搬出来,然后就搬进医院了。"

"只需要一点巧合,"我说,"她搬出来,在搬迁途中,或者一两天之后,发生了一点意外。一些'热心'的市民趁她失去意识时偷走了她的皮包,于是她身上没有证件,现在用简·多伊[①]的名字住在哪个病房里。意外发生得太快,她还没来得及打电话给父母说她搬家了。我不是说她发生了意外,只是说有可能。"

"我想是。你去医院查过了吗?"

"我想我会去附近的几家医院查一下,比如罗斯福医院、圣克莱尔医院。"

"当然意外有可能会发生在任何地方。"

"我知道。"

"如果她搬走了,就可能搬到任何地方,所以她可能在市内的任何一家医院。"

"我也想到这一点了。"

---

① 简·多伊(Jane Doe),美国法律程序上把不知名的男性称为 John Doe,女性则是 Jane Doe。

他看了我一眼。"我想你应该印了些她的照片,哦,你的电话印在背后,那就很方便了。你应该不介意我帮你发一些出去吧,问问那些医院有没有没名字的人。"

"那会很有帮助的。"我说。

"一定会的。花一件外套的代价可以查到不少。"

一件外套,这是警方的黑话,表示一百元。一顶帽子是二十五元。一磅是五元。这些术语是在多年前开始流行的,当时衣服比现在便宜多了。我说:"你要不要再看清楚一点,我刚刚只给了你两顶帽子而已。"

"老天,"他说,"有没有人告诉过你,你真他妈的小气?"

她不在医院,纽约五个区的各级医院都没有。我也没期望她会在医院里,但这种事情还是得去查一下。

我一方面通过德金的渠道查,另一方面自己也去别的地方探探消息。接下来几天我又去拜访了几次弗洛伦斯·艾德琳的公寓,又敲了几扇门,也跟那些在家的住户谈过。公寓里有男有女,有老有少,有纽约人也有外地人,不过艾德琳太太有一大堆像保拉·赫尔德特克一样的房客——年轻女性,来这个城市不算太久,期望太多,钱太少。

虽然他们大半都认得保拉的照片，或至少以为自己认得，可是没几个知道她的名字。就像保拉一样，他们大半时间都不待在公寓，即使在也是独自锁在房里。"我觉得这里应该像那些四十年代的老电影，"一个女孩告诉我，"俏皮女房东和一堆小孩聚在客厅，谈着男朋友和试镜，互相帮忙做头发。这儿以前有个客厅的，不过几年前隔成两个房间租出去了。有几个人我见了面会点点头笑一笑，不过这栋公寓里我真正认识的人一个都没有。我见过这个女孩——她叫保拉吗？不过我从来不知道她的名字，我连她搬走都不知道。"

一天早晨我到演员平权协会的办公室，在那儿我确定了保拉·赫尔德特克从来不是这个组织的会员。帮我查名单的那个年轻人问我，她是不是美国电视与广播艺术者联合会或美国演员工会的会员，我说不知道，他就很周到地帮我打电话给这两个工会。两家工会的名册上都没有她的名字。

"除非她是用别的名字，"他说，"以她的姓来说有可能。事实上，这个姓光是看还挺好的，可是很多人会念错，或至少会没把握念对。她会不会改成保拉·霍尔登或其他比较好念的姓？"

"她没跟她父母亲提过。"

"这种事情不会急着跟父母提的，特别是如果他们对自己的姓氏有强烈的情感的话。做父母的常常会这样。"

"你说得没错,不过她曾使用她原来的姓参与过两场戏剧演出。"

"我可以看看吗?"他把那两张戏单拿过去,"噢,这可能有帮助。是了,找到了,保拉·赫尔德特克。我这样念正确吗?"

"没错。"

"太好了。事实上,我想不出其他的念法,不过总觉得不确定。她可以改成别的拼法,不过看起来就不对劲了,是吧?我看看,'保拉·赫尔德特克毕业于鲍尔大学,主修戏剧艺术。'——噢,可怜——'她曾参与《桃花盛开》和《格雷戈里的花园》的演出。'《桃花盛开》是奥德茨的作品,可是《格雷戈里的花园》是哪个鬼的?我看是学生作品吧。这就是关于保拉·赫尔德特克的所有介绍。管他的,这是什么?《城市另一边》,店前广场的展演挑这出戏真奇怪。她饰演莫莉。我不太记得这出戏,不过我想这不是主角。"

"她告诉过她父母亲,她演的是个小角色。"

"我想她并没有夸大。这出戏还有其他人吗?哦,'演员平权协会的阿克塞尔·戈丁',我不知道他是谁,不过我可以帮你找到他的电话号码。他演奥利弗,所以他大概是很有资历的了,可是展演很难说,演员阵容往往很出人意料。她喜欢老一点的男人吗？"

"我不知道。"

"这是什么？《亲密好友》，戏名不坏，他们在哪儿演？樱桃巷？奇怪我怎么没听说过。哦，那是个念台词的排演，只有一次演出。戏名不坏，《亲密好友》，有点暗示性，但是不下流。哦，是杰拉尔德·卡梅伦写的剧本，他很棒。我很好奇她怎么有机会参与这出戏。"

"这很不寻常吗？"

"噢，可以这么说，我想这种戏通常没有公开选角。是这样的，剧作家很可能想知道他的作品演出效果如何，所以剧作家或指派的导演就会找些适合的演员，让他们念念台词，可能会找些有意赞助的人，也可能没有。最近某些念台词的排演会变得相当复杂，还有相当正式的排演和很多舞台动作。否则一般就只是演员坐在椅子上念念台词，就好像演广播剧似的。导演是谁？哦，我们走运了。"

"你认识的人吗？"

"没错。"他说。他找出一个电话号码，拿起电话拨了号。他说："请找大卫·匡特里尔。大卫吗？我是阿龙·斯托沃斯。你好吗？哦，真的？是啊，我听说了。"他掩着话筒，眼珠子朝上盯着天花板。"大卫，猜猜我手上现在拿着什么。不，别猜了，是《亲密好友》舞台排演的节目单。后来这出戏台词排演通过了吗？

我懂了，是，我懂了。我没听说。哦，那真是太糟了。"他的脸色暗了下来，沉默地听了一会儿。然后他说："大卫，我打电话给你是因为现在我这里有个家伙，他在查这出戏舞台朗读会的一个演员，叫保拉·赫尔德特克，戏单说她负责念马西的台词。能不能谈谈你为什么刚好会找她演这个角色？我懂了，哦，这样吧，你看我的朋友可不可以过去跟你谈一谈？他有点问题要问，看来我们的保拉从地球上消失了，可想而知她父母亲快急坏了。这样可以吗？很好，我让他马上过去。不，我想不是。要不要我问他一声？哦，我明白。谢了，大卫。"

他挂上电话，两个指尖按着前额中央，好像在试着抑制头痛似的。他的目光回到我身上。"那出戏还没正式演出，因为杰拉尔德·卡梅伦在台词排演之后还想改，可是他没办法，因为他病了，"他看着我，"病得很重。"

"我懂了。"

"每个人都快死了，你注意到了吗？对不起，我不是故意说这些的。大卫住在切尔西，我把地址抄下来给你。我想与其让我当传话人，你宁可自己去问他。他刚才想知道你是不是同性恋，我跟他说我看不是。"

"我不是。"

"我猜他只是出于习惯问一下。毕竟，是不是又有什么差别？谁也不能怎么样。你也不必去问谁是同性恋谁又不是，你唯一要做的就是等个几年，看看谁还活着。"他看着我："你看过那些海豹的新闻吗？"

"对不起，你指的是什么？"

"你知道，"他说，"海豹。"他的手肘紧贴肋骨，双手同时拍击像海豹的鳍，还学海豹把球顶在鼻尖上的样子。"在北海，沿欧洲的海岸线，那儿的海豹都快死了，可是没有人知道原因。哦，他们得了一种病，可是有好些年了，那是一种引起狗瘟疫的病毒，不可能是因为某些罗威纳犬跑来跑去咬海豹。一般猜测那是由污染引起的，北海污染得很严重，专家认为海豹的免疫系统因此减弱了，使得它们无法抵抗任何随之而来的病毒。你知道我怎么想吗？"

"怎么想？"

"地球自己得了艾滋病，我们都快乐地卷入了垂死星球的空虚之中。同性恋只是照样过日子，像他们以前一样无耻地赶时髦。就连死亡都要领先一步。"

大卫·匡特里尔住在西二十二街一栋厂房改装的仓库式住宅的九楼。那儿有个天花板很高的大房间，大块木板铺成的地板漆成亮白色，墙壁则是暗黑色，还有几笔色彩鲜明的抽象油画。家具则是白色柳条木，没有什么特别豪华的。

匡特里尔四十来岁，身材矮胖，头大半秃了。还剩下的一点头发留得很长,自然卷,长度盖过衣领。他边抽着欧石楠烟斗,边试着回忆有关保拉·赫尔德特克的事情。

"那几乎是一年前的事了,"他说,"我之前或之后都从来没有注意过她。她怎么会参加这出戏的演出?是因为有人认识她,可是是谁呢?"

他花了几秒钟试图触发回忆。他原来是找了另一个叫吉妮·萨克利夫的女演员演马西。"后来到了最后关头,吉妮才打电话给我,说她得到一个演《跷跷板》的机会,两个星期,在一个该死的地方,巴尔的摩吧?也不重要了。反正,她就说她有多爱我等等,又说她表演班上有个女孩,她发誓很适合演马西。我就说我会见她,后来她就来念了台词给我听,还可以。"他拿起照片。"她很漂亮,不是吗?不过她的脸没有那种天生的吸引力。她的舞台表演也是,不过还过得去,我反正也没空拿着玻璃鞋追来追去,到处寻找灰姑娘。我知道真正演出的时候我不会用她,我会挑吉妮演——如果其他演员足够默契,我到时候又已经原谅她临时跑去巴尔的摩鬼混的话。"

我问他该怎么联络吉妮,他打了电话给她,没人接,接着打到她的电话联络处,才知道她在洛杉矶。他打给她的经纪人,问到了她在加州的电话,又打了过去。他跟她聊了一两分钟,然后把电话转给我。

"我不大记得保拉,"她说,"我是在表演课认识她的,我只是一时觉得她会适合演马西。她有那种笨拙、犹豫不决的特质。你认识保拉吗?"我说不认识。"你大概也不晓得那出戏,所以你也不会知道我在说些什么。那以后我就没见过她了,我连大卫用了她都不知道。"

"你和她在同一个表演班上课?"

"是啊,我并不真的'认识'她。那是凯莉·格里尔主持的进修课程,每个星期四下午两小时,在上百老汇大道一个二楼的工作室。她在课堂上曾经演过一幕戏,两个人等公交,我觉得她演得很好。"

"她在班上跟谁走得比较近?有男朋友吗?"

"我真的不知道这些。我甚至不记得跟她讲过话。"

"你从巴尔的摩回来后看过她吗?"

"巴尔的摩?"

"你不是去那儿演一出戏演了两星期,因此无法参加舞台朗读会吗?"

"哦,《跷跷板》,"她说,"不是在巴尔的摩演两星期,是在路易斯维尔一星期、孟菲斯一星期。至少我在孟菲斯看到了猫王故居雅园。之后我就回密歇根的老家过圣诞节,回到纽约后,我又花了三个星期时间演了一出肥皂剧,那是意外捡到的机会,可是占掉了我星期四下午的时间。等到我有空了,又有个机会去上埃德·科文的表演班,我想上他的课好久了,于是我就再也没见过保拉了。她碰到什么麻烦了吗?"

"有可能。你说她的老师是凯莉·格里尔？"

"对。她的电话在我的旋转名片夹里，放在我纽约的书桌上，所以帮不上你的忙。不过我确定电话簿里查得到。"

"我相信我可以查得到。"

"好啊，我很好奇保拉还会继续跟她学吗？一般人不会老待在同一个进修班的，通常学几个月就走了，不过或许凯莉可以告诉你一些事。我希望保拉没事才好。"

"我也希望。"

"我现在想起她的样子了，在那幕戏里摸索着走路。她好像——该怎么说呢？容易受伤吧。"

凯莉·格里尔是个精力旺盛的小个子女人。一头灰色鬈发，棕色的眼睛奇大。我在电话簿里查到了她的名字，直接到她公寓找她。她没请我进去，而是在靠八十几街的百老汇大道上找了一家乳品餐厅跟我谈话。

我们面对面坐着，我点了百吉饼和咖啡，她要了一份奶油荞麦炒面，又喝了两大杯的酪乳。

她还记得保拉。

"她没做出什么成绩，"她说，"她自己知道这点，多了这点自知之明，她算是赢过他们大部分人了。"

"她没有任何好的地方吗？"

"她还可以。他们大部分都还可以。哦，有些真是没希望，不过大部分能走到这一步的，都有某种程度的能力。他们都不坏，可能还挺好的，甚至相当好。可是这样不够。"

"还需要什么？"

"你必须棒极了才行。我们总以为重要的是要得到适当的机会，或者要靠运气，或者要认识适当的人，或者要跟适当的人睡觉。不过事实上不是那样。非常棒的人才能成功。只是具有某些天分是不够的。你必须能够积极发挥，必须能在舞台或银幕或电视荧屏上燃烧。你必须散发光芒。"

"而保拉没有。"

"嗯，而且我想保拉知道，或至少知道一半，但我不认为她因此而伤心。那是另一回事，除了天分之外，你还必须有那种欲望。你必须拼命地想要得到，而我不认为她是这样的，"她想了一下，"不过，她的确是想要得到某些东西。"

"是什么？"

"我不知道。我不确定她知道。金钱？名声？名利把一大堆这种人吸引过来，特别是西岸的。他们想做些事情赚大钱，我怎么都想不透。"

"金钱和名声，那是保拉想要的吗？"

"或者是魅力，或者是刺激、冒险。真的，我怎么会知道她在想什么呢？她去年秋天开始来上我的课，一直上了五个月左右。她并不特别认真，有时候会缺席。这很常见，他们必须工作或参加试演，或者临时有什么事情。"

"她什么时候退出的？"

"她没有正式退出，只是没再出现。我查过了，她最后一次来上课是在二月。"

她有十来个和保拉一起上过课的学生名单和电话号码。她不记得保拉是否有男朋友，或者下课后有没有人来接过她。她也不知道保拉是不是跟某个同学特别要好。我抄下所有人的名字和电话号码，除了我已经谈过的吉妮·萨克利夫。

"吉妮·萨克利夫说保拉曾有过一次公车站的即兴表演。"我说。

"是吗？我常常利用这种训练法。老实说，我已经不记得保拉表现得怎样了。"

"吉妮说，她有种笨拙、犹豫不决的特质。"

她笑了，可是我说的话没有什么好笑的成分。"有种笨拙、犹豫不决的特质，"她说，"不骗你，每年有一千个天真的姑娘涌向纽约，每个都十足的笨拙、犹豫不决，盼望她们活泼的青春能融化这个国家的心肠。有时候我很想跑到长途汽车总站，叫她们全都回家算了。"

她喝着酪乳，拿起餐巾按按嘴唇。我告诉她，吉妮说保拉看起来好像很容易受伤害。

"她们每个都容易受伤害。"她说。

我打了电话给保拉表演班的同学们,有些碰了面,有些在电话里谈。我一个个过滤凯莉·格里尔给我的名单,同时还继续去弗洛伦斯·艾德琳的套房公寓敲门,把谈过的住户从名单上划掉。

我去过保拉最后一个工作过的餐厅,我的客户也曾经去过。那个地方叫德鲁伊城堡,是位于西四十六街的一家英国酒馆风格的餐厅。那儿的菜单上有牧羊人派之类的食物,还有些像"洞中蟾蜍"的怪菜名。经理跟我证实她是在春天辞职的。"她还不错,"他说,"我忘了她是为什么辞职的,不过我们处得还不错。她要是再来我还愿意雇她。"有个女招待记得保拉是"一个好孩子,可是有点恍惚,似乎心不在焉"。我进出了四十几街和五十几街的一大堆餐厅,结果发现保拉去德鲁伊城堡之前,曾在其中两家工作过。如果我想写她的传记,那些资料可能会派得上用场,可是却不能告诉我她在七月中旬去了哪儿。

在第九大道和五十二街交叉口附近一家叫巴黎绿的酒吧,经理承认保拉看起来很面熟,但没在那儿工作过。那个瘦高个儿酒保问我,能不能让他看看照片,他蓄着一把活像黄莺鸟窝的大胡子。"她没在这儿工作过,"他说,"不过她来过这里。只是这两个月没来。"

"是在春天吗？"

"肯定是四月以后，因为我是那时才开始在这儿上班的。我绝对见过她五六次，她都来得很晚。我们是两点打烊，她都是在接近打烊的时候进来。反正是过了午夜。"

"她是一个人来吗？"

"不可能，要不我会对她下手的，"他笑了，"至少会勾搭勾搭，你懂吧？她是和一个男的来的，不过每次是不是同一个男的？我想是，但是我不敢保证。别忘了，她最后一次来过之后，我都没再想过她——而且那应该已经是两个月之前的事情了。"

"最后一次有人见到她，是在七月的第一个星期。"

"应该差不多，前后差不了一两个星期。我最后一次看到她，她喝的是'咸狗'鸡尾酒，两个人都喝'咸狗'。"

"她平常都喝什么？"

"不一定。玛格丽特，伏特加酸酒，不一定是这些，不过这样你就有点概念了，都是女孩子喝的酒。不过那男的习惯喝威士忌，有时想换换口味，他会点'咸狗'。这代表什么？"

"天气很热。"

"答对了，亲爱的华生，"他又笑了，"要么我能当个好侦探，要么你能当个好酒保，因为我们得出了相同的结论。就凭这个，我请你喝一杯如何？"

"给我一杯可乐吧。"

他给自己倒了杯啤酒，给我一杯可乐。他浅啜了一口，问起保拉发生了什么事。我说她失踪了。

"总会有这种事。"他说。

我跟他聊了大概十分钟，对保拉的护花使者有了点概念。他身高跟我差不多，或许更高一点。三十岁左右，深色头发，没有胡须或短髭，穿着很随意，是那种休闲服之类的。

"好像是在救回计算机遗失的数据，"他对整个过程惊叹道，"我都不知道我还记得这些事情。唯一困扰我的是，我怕我会为了要帮忙而无意间捏造一些讯息出来。"

"难免的。"我承认。

"无论如何，我跟你描述的，大概符合这一带半数的男人。可是我怀疑他根本不住在这附近。"

"你只看过他和她一起出现过五六次？"

他点点头："而且看他们来的时间，我觉得他是去接她下班，或者她去等他下班，也可能两个人是在同一个地方工作。"

"只是进来休息匆匆喝杯酒。"

"不止一杯。"

"女的喝得多吗？"

"男的喝得多，女的只是慢慢喝，但也没有拖拖拉拉，她的酒照样会喝完。不过她看起来喝得并不凶，男的也是。他们似乎是刚下班，来这儿只是喝酒的第一站，不是最后一站。"

他把照片还给我，我要他留着。"如果你想到任何事情——"

"我会打这个电话。"

零零碎碎，一点一滴。到了在"新开始"说我的故事时，我已经为寻找保拉·赫尔德特克花了一个多星期，而且所花的时间和磨掉的鞋底，大概已经让她父亲的一千元花值了，虽然我无法交出值一千元的成果。

我跟几十个人谈过，记了一大堆笔记，而且我印的一百张照片已经发掉一半了。

我知道了些什么？我无法说清她七月中离开套房公寓消失之后的行踪，我也没发现她四月辞掉女招待的工作之后又在哪里工作过。而且，我拼凑出来的图像，也不像分发出去的照片那么清楚鲜明。

她是个演员，或者她希望成为一个演员，可是她几乎无法实现，而且她也没再去上表演课。她曾和一个男人半夜结伴去附近的酒吧，大概去了五六次。她独来独往，可是不常待在她的套房公寓里。她这么寂寞能去哪儿？她会去公园，跟鸽子说话吗？

第二天早上,我的第一个念头是,我对那个打电话来的神秘人太不客气了。他什么都没有,可是我又有什么呢?

吃过早餐后,我提醒自己,我不曾希望真的发现些什么。保拉·赫尔德特克已经放弃女演员和女招待的身份,然后她又放弃了弗洛伦斯·艾德琳那儿的住处,也放弃了女儿的角色。现在她或许在某个地方安定下来,有了新生活,她想出现的时候自然会出现。也或者她已经死了,那么我也帮不上什么忙了。

我想去看场电影,可是最后我花了一整天去找戏剧经纪人,拿同样的老问题问他们,把照片发出去。他们没有一个记得保拉的名字或她的脸。"她可能只是去参加过试演,"其中一个经纪人告诉我,"他们有些人希望马上找到经纪人;有些则到处参加试演,希望能给经纪人留下印象。"

4

"最好的方法是什么?"

"最好的方法? 有个叔叔伯伯在演艺圈,就是最好的方法。"

我跟经纪人谈烦了,就又到套房公寓碰运气。我按了弗洛伦斯·艾德琳的门铃,她点个头让我进去。"我应该开始收你房租才对,"她说,"你在这儿的时间比我某些房客还多。"

"我还剩几个人得见见。"

"你爱待多久待多久,反正没有人抱怨。既然他们不介意,我当然也不会。"

我没见过的房客中,只有一个来应门。她是五月搬进来的,完全不认识保拉·赫尔德特克。"我希望能帮得上忙,"她说,"可是我一点也不觉得她眼熟。我对门的邻居跟我说你找她谈过,这个女孩失踪了还是怎么了?"

"看起来是这样。"

她耸耸肩:"真希望能帮得上忙。"

我第一次戒酒时,开始跟一个叫简·基恩的女子交往。戒酒前我就认得她,不过她参加戒酒聚会之后,我们就没再碰过面,等到我也参加戒酒聚会,两人才又开始联络。

她是个雕塑家,住在里斯伯纳德街的一个仓库式住宅,那里兼作工作室,就在运河路南边的翠贝卡区。我们开始常在一起,一星期有三四个晚上会见面,偶尔白天也见。有时候我们一起去戒酒聚会,不过我们也一起做别的事。我们会出去吃晚餐,或者她给我做饭。她喜欢去画廊,就在苏荷区或东村那一带。我以前很少做这类事情,现在却发现自己很喜欢。以前每次去画廊这类地方我总是有点不自在,站在一幅画或一个雕塑作品前面,老是不知该说些什么才好,而她教我,什么都不说也没关系。

我不知道什么地方不对劲。我们的关系就像一般正常的男女关系那样慢慢发展。有一阵子我有一半时间都住在里斯伯纳德街,我的一些衣服放在她的柜子里,袜子和内衣放在她的梳妆台抽屉里。我们曾兴致勃勃地一再讨论,保留我旅社的房间是不是聪明之举。既然我很少在那儿,这样不是浪费租金吗?另一方面,或许把那儿拿来当办公室接待客户也不错吧?

我想,曾经有一度,我觉得应该放弃我在旅社的那个房间,开始与她分摊那个仓库式住宅的费用。也曾经有一度,我们很可能就要谈到承诺和永远,以及,我想,婚姻。

可是当时我们没有谈,而且后来也一直没谈,时机对的时候没做,以后也就不可能了。我们很自然地开始逐渐疏远,两人在一起的时间随着心情和沉默渐渐减少,也更常各居一方了。我们决定——说实话我不记得是谁提议的——我们应该试着去见其他朋友。我们照做了,却发现这让彼此更难过。最后,在完全没有戏剧化场面的情况下,我很有礼貌地把以前跟她借的几本书归还,取回我留在她那儿的最后几件衣服,搭了出租车回上城。一切就是这样。

这段感情拖得太久,因此这样的结局对我们来说是种解脱。但即便如此,我仍然时常觉得寂寞,有种失落感占据心头。几年前婚姻破裂时,我都没那么难过,不过当然,那时候我喝酒,所以其实我什么也感觉不到。

于是我常常去参加戒酒的聚会,有时候我谈谈参加聚会的感觉,有时候不谈。和简分手后,我曾短暂地尝试和其他人约会,可是我好像无心于此。现在我会想,是时候开始再去和女人交往了。我有这个念头,可是却一直没有行动。

到西区的那栋套房公寓挨家挨户敲门,然后跟那些单身女郎谈话,造成了一种奇异的晕眩。她们大部分比我年轻一些,不过不全是。在那类访谈中,我似乎也有机会顺便调调情,以前当警察的时候我就明白这一点,而且因此结了一次婚。

有时候,我意识到无休无止地询问关于失踪的保拉·赫尔德特克的事情,对所询问的女人造成了强烈的吸引。有时候我自己也感觉到双方都有感觉,那种吸引力是相互的。我想象着我们俩激情的缠绵,从门口移到床上。

不过我永远无法让自己踏出下一步。我一察觉到双方心意相通,就离开那栋公寓。跟六个十个或十几个人谈过之后,我的心情更加灰暗,感到无法言说的孤单。

此时我只需要说说话,就可以从那种心理状态中走出。于是我回到我的房间,坐在电视机前面,等着戒酒聚会时间的到来。

那天晚上在圣保罗的聚会，发言人是一个来自奥佐恩公园的家庭主妇。她告诉我们，以前她丈夫的庞蒂克车一开出院子，她就开始喝这一天的第一杯酒。她把伏特加藏在水槽底下，装在一个烤炉清洁剂的空瓶里。"我第一次讲起这件事情的时候，"她说，"一个女人说：'哦，我的天啊，你会抓错瓶子，把烤炉清洁剂喝下去的。''亲爱的，'我告诉她，'别傻了，你会吗？根本没有让我抓错的瓶子，因为我的水槽底下没有烤炉清洁剂。我住在那栋房子里十三年了，从来没有清过烤炉。'总之，"她说，"这就是我的喝酒经验。"

不同的聚会有不同的形式。在圣保罗，聚会进行一个半小时，星期五晚上的聚会是进阶聚会，以戒酒协会的十二堂复原课程之一为中心。这回的聚会是第五阶段，不过我不记得发言人根据主题讲了些什么内容，也不记得轮到自己时，我又说了些什么聪明的话。

到了十点，我们站起来念主祷文，除了一个叫卡罗尔的女人，她说她不想跟大家一起祈祷。最后我折起椅子堆在集中的地方，把咖啡杯扔进垃圾桶，拿着烟灰缸走到会议室前面，和几个家伙聊天。埃迪·邓菲喊我名字的时候，我转过头来。"哦，你好，"我说，"我刚刚没看到你。"

"我迟到了几分钟，就坐在后头。我喜欢你刚刚的发言。"

"谢谢。"我边说,边奇怪刚刚说了些什么。他问我要不要去喝杯咖啡,我说我们几个正打算去火焰餐厅,问他要不要一起去。

我们沿着第九大道往南走一个街区,和其他六七个人在店里角落找了一张大餐桌。我要了三明治、薯条和咖啡。聊天内容大半是政治,离选举不到两个月了,大家谈着每隔四年人人都会说的那些话。真他妈可耻,居然没有更有趣的人可以选。

我的话不多,我对政治的兴趣一向不大。我们同桌有个叫海伦的女子,她戒酒的时间大概跟我一样久,我忽然有个念头,想找她约会。我偷偷观察了她一会儿,结果收集到的尽是让我对她扣分的材料。她的笑声刺耳,她需要去看一下牙医,还有每个出自她口中的句子都夹着一个"你知道"。等到她吃完她的汉堡,我们的罗曼史也就胎死腹中了。说真的,这个方法真不错。你可以像把野火一样迅速看透一个女人,而她根本不知道。

十一点过了没多久,我在咖啡碟旁边放了几枚硬币,跟大家说再见,然后拿着我的账单走向柜台。埃迪也和我一起站了起来,付了他的账跟着我走出去。我几乎忘了他也在,他在席间说的话比我还少。

他说:"美丽的夜晚,不是吗?这样的空气让你想多吸几口。你有空吗?要不要一起散散步?"

"好啊。"

"我稍早的时候给你打过电话,打到旅社。"

"什么时候?"

"不知道,下午,大概三点吧。"

"我没接到留话。"

"噢,我没留话。没什么重要的事,而且反正你也没办法回电给我。"

"对了,你没有电话。"

"呃,我有电话。就放在床头桌上,唯一的问题只是被停了。反正我只是想消磨白天的时间罢了。你在做些什么?还继续找那个女孩吗?"

"反正就是那些老程序。"

"没碰上好运气?"

"到目前为止没有。"

"噢,或许你会走运的。"他掏出一根烟,在大拇指指甲上敲实了。"刚刚他们在那儿谈什么?"他说,"政治?老实说我根本不知道他们在谈些什么。你会去投票吗,马修?"

"不知道。"

"真搞不懂为什么每个人都想当总统。你知道吗,我这辈子从来没去投过票。等一下,我刚刚说了谎。想知道我投给谁了吗?阿贝·比姆。"

"好多年前了。"

"让我想想,我记得是哪一年。是七三年。你还记得他吗?他是个小个子,竞选市长,选上了。你还记得吧?"

"记得。"

他笑了起来:"我投给阿贝·比姆绝对超过十二次,搞不好有十五次。"

"听起来你好像很欣赏他。"

"是啊,他传递的信息真的打动了我。其实事情是这样的,有几个地方竞选后援会的家伙,弄来了一辆校车,载着我们一堆人转了一通西区。我每进一个投票所,都报上不同的名字,对方就会给我那个名字的选票,然后我去投票处,像个小兵似的尽我的公民义务。很简单,我只要按照吩咐把选票投给民主党就行了。"

他停下来点燃香烟。"我忘了他们付多少钱给我们了,"他说,"大概是五十元吧,不过可能更少。那是十五年前了,当时我只是个小鬼,反正做这事也不花力气。除此之外,他们还提供餐点,当然整天都有免费的酒喝。"

"简直是神话。"

"真理不是这么说的吗?你连自己掏腰包喝酒,都觉得是上帝的恩赐,更别说免费喝酒了,天啊,再没有比那更好的事了。"

"有件事情完全不合逻辑,"我说,"华盛顿高地有个地方,我去那儿喝酒不必付钱,我还记得搭出租车从布鲁克林到那儿,花了我二十元,然后我喝上也许值十元或十二元的酒,再搭出租车回家,还想着我真是捞到了世上最大的便宜。而且我这么做过不止一次。"

"当时会觉得很合理。"

"完全合理。"

他把香烟拿在手上。"我忘了比姆的对手是谁,"他说,"好笑的是你会记得什么、忘了什么。这个可怜的混蛋,我投给他的对手十五次,却不记得他的名字。还有一件好笑的事,我投过前两三次之后,每次进投票处,就有种想整他们一下的冲动。你知道,就是把票投给对手,拿民主党的钱,投共和党的票。"

"为什么?"

"谁晓得为什么?当时我多喝了两杯,或许就愈发觉得这是个妙点子,而且我想没有人知道。无记名投票,对吧?只不过我心想,是啊,应该是无记名投票,但是这件'应该'的事情全是一大团狗屎,既然他们可以带我们跑遍西区投十五次票,或许他们也会知道我们投给谁。于是我就做我应该做的事情。"

"还是乖乖投给民主党。"

"答对了。反正,那是我第一次投票。虽然前一年我就有选举权了,可是我没去投票,接着我就投给阿贝·比姆十五次,我想我大概在那时候就投够了吧,从此以后再也没有投过票。"

绿灯亮了,我们走过五十七街。第九大道上有辆蓝白色的巡逻车响着刺耳的警笛往北开。我们转头看着它消失在我们的视野之外。不过警笛声还是听得到,微弱地盖过其他车声。

他说:"总是有人非干坏事不可。"

"说不定只是几个警察在赶时间。"

"是啊,马修,他们在聚会上说些什么?什么第五阶段?"

"怎么了?"

"我不知道,我想或许我是害怕吧。"

那些阶段是设计给复原中的酒鬼的,让他们改变,得到精神上的成长。戒酒协会的创办者发现,愿意在精神上有所成长的人比较容易戒酒成功。反之,不愿意改变的人,早晚还是会回头去喝酒。第五阶段就是跟上帝、跟自己、跟另外一个人承认自己所犯过的错误,把真相坦白说出来。

我引用那个阶段里的用语告诉埃迪,他皱起眉头。他说:"对,但那到底是什么呢?你跟某个人坐在一起,然后告诉他你干过的所有坏事吗?"

"或多或少吧。任何困扰你的事情、任何压在你心头的事情。它的出发点是,要是不说出来的话,你就会去喝酒解闷。"

他思索了一下。"我不知道自己能不能这么做。"他说。

"噢,不要急。你戒酒没多久,不用这么急。"

"我想也是。"

"反正会有很多人告诉你这些进阶课程是一堆狗屎。'不要喝酒,去参加聚会,然后讲一大堆话。'你一定听过很多人这么说。"

"噢,是啊。'如果你不喝酒,就不会醉。'我还记得第一次听到有人这么说的时候,心想这真是我此生听过的最睿智的评语了。"

"又不能说它不对。"

他开始谈起别的事情,然后停了下来,一个女人站在我们前方一扇门前,形容憔悴,眼睛瞪得大大的,身上裹着披肩,黏黏的头发毫无光泽。她手里抱着一个婴儿,旁边还站了一个小孩,抓着她的披肩。她伸出一只手来,掌心向上,没说话。

她看起来好像属于印度加尔各答,而非纽约。我过去几个星期见过她几次了,每次都给她钱。这回我给了她一块钱,她拿了之后就无言地缩回暗影中。

他说:"真是痛恨看到一个女人像这样站在街上。而且她又带着孩子,天啊,这真恐怖。"

"我懂。"

"马修,你参加过第五阶段吗?"

"参加过。"

"你毫无保留吗?"

"尽量。我想到什么就讲什么。"

他想了想。"当然你以前当过警察,"他说,"你不可能做过太坏的事。"

"噢,得了,"我说,"我做过很多并不引以为荣的事,而且有些事情是可以让人坐牢的。我当了很多年警察,几乎从一开始就收钱。我从来没只靠薪水过日子。"

"每个人都这样干。"

"不,"我说,"不是每个人。有些警察很清白,有些警察很脏,我就是脏的。我总是告诉自己,我觉得没问题,而且自我辩驳说,那是清白的脏。我没有跑去敲诈谁,也没有故意放掉杀人犯,可是我收钱,而政府雇我不是要我去收钱的,那是犯法、是骗人。"

"我想是吧。"

"而且我还做过别的事,苍天在上,我以前是小偷,我偷过东西。有一次我调查一个入室抢劫案,收银机旁边有个雪茄盒,不知怎的小偷没拿走。我就拿起来放进口袋里。我想反正失主可以拿到保险补偿,或者那对他来说反正也只是多被偷了一样而已。这件事情就等于是我从小偷那儿偷走东西。我把它合理化,但是我的确拿走了不属于我的东西,你不能回避这个事实。"

"警察总是会做这类混帐事。"

"他们也会抢劫死人,我就做了好几年。比方说你去处理酒店单人间或者公寓里的一具死尸,他身上有五十或一百块钱,你和你的搭档就拿来分掉,然后把死尸装进尸袋。不然的话，那些钱三转两转还不是被官僚体系榨光了。就算死者有继承人，这笔钱大半也不会落到他手里，那为什么不干脆节省时间和麻烦，把钱放进你的口袋？只不过这就是偷窃。"

他开口想说些什么，可是我还没说完。"我还做过别的事。我逮到过某些家伙，可是却用他们没犯过的罪名把他们送去坐牢。我不是冤枉好人，任何被我乱套过罪名的人，都一定是因为他们做过坏事。我知道他们做过某些事，也知道我没办法用这些罪名动他们，可是我能找到一些目击证人，暗示他们去指认那些坏蛋做过某些他们其实没做过的事情，这就够让他们坐牢了。案子就结了。"

"牢里有很多人没犯过让他们入狱的罪，"他同意，"不是全部，我是说，四个里头有三个会发誓说他们是无辜的，他们没做那些害他们坐牢的坏事，可是也不能相信他们。他们只是在骗你，真的，他们撒谎，"他耸耸肩，"不过有时候他们说的是实话。"

"我知道，"我说，"我不确定自己后不后悔用错的理由把对的人送进牢里。他们因此离开街头，而这种人离开街头是好事。可是这并不代表我做的事情就是对的，所以我想这就是属于我的第五阶段。"

"所以你就把这些告诉了某个人。"

"不止。很多事情不犯法，可是时间一久却让我良心不安。比如结婚后瞒着我老婆在外头搞女人，比如没有时间陪我的孩子，比如在我辞职不当警察那阵子离开了他们，比如没有去看一个应该看的人。有一回我一个姨妈得了甲状腺癌快死了，她是我母亲的妹妹，也是我唯一的亲人，我一直跟自己承诺会去医院看她，结果我一直拖一直拖，拖到她死了。我对自己没去医院看她感觉糟透了，于是我也没去参加葬礼。不过我送了花，然后去了一家他妈的教堂，点了支他妈的蜡烛，这一切肯定让那个死去的女人安慰极了。"

我们沉默地走了几分钟，往西走到五十几街，然后左转上了第十大道。我们经过了一家店门大开的平价酒吧，走味的啤酒味儿飘过来，让人又恶心又觉得诱惑。他问我有没有去过这种地方。

"最近没有。"我说。

"那种地方真的很乱，"他说，"马修，你杀过人吗？"

"值勤的时候有过两次。还有一次是意外，那时候也在值勤。我的一颗子弹反弹，击中了一个小孩。"

"你昨天晚上说过了。"

"是吗？有时候我会说，有时候不会。我离开警界之后，有回一个家伙在街上跳到我面前，跟我正在调查的案子有关。我把他揍倒在地上，他刚好撞断脖子，就死了。还有一次，天啊，我一整个星期都没喝酒，有个疯掉的哥伦比亚人拿着一把大弯刀冲过来，我就朝他射光了我枪里的子弹。所以答案是有，我杀过四个人。如果那个小孩也算在内的话，就是五个了。

"而且，除了那个小孩外，我不曾为杀掉任何一个人而失眠，也不曾为那些被我冤枉送进牢里的人而苦恼。我想以前那样做是不对的，换成现在我就不会这样了。但这一切都远远不如我没去看临终的佩格姨妈让我不安。可是这就是酒鬼的下场。大事情在你眼里变得没什么，就是这种小事逼得你发疯。"

"有时候大事情也会逼你发疯。"

"你心里有什么困扰吗，埃迪？"

"哦，去他的，我不知道。我就出生在这一带，马修。我就在这些街道上混大。在地狱厨房长大，你就会学会不跟任何人讲任何事情。'不要告诉陌生人你的事情。'我母亲是个诚实的人，马修。她在公用电话里发现一毛钱，就会在附近找，希望失主拿回去，但是这句话我听她讲过一千遍了，'别告诉别人你的事情。'她就是这么做，上帝保佑她。直到我爸死前，他每个星期总有两三次醉醺醺地回家，然后对她拳打脚踢。而她谁也不说，要是碰到有人问，呃，她就回答跌倒了，进门时失去平衡，或者从楼梯上跌下来。可是大部分人知道不该去问，如果你住在地狱厨房，你就知道不该问。"

我正想接话，可是他抓住我的手臂，拉着我站在人行道边缘。"我们过马路吧,"他说,"除非必要的话,我不想走过那个地方。"

他指的是葛洛根开放屋,橱窗里绿色的霓虹灯闪着竖琴牌麦酒和健力士啤酒的矮胖桶子标志。"我以前常常去那儿,"他解释,"现在我连经过都不愿意。"

我知道那种感觉。有一阵子我日夜都待在阿姆斯特朗酒吧,于是第一次戒酒的时候,都故意绕路避免经过那里,要是非经过不可,我就避开不看,加快脚步,好像不这样的话,我就会不由自主地被拉进去,就像铁被磁铁所吸引。后来阿姆斯特朗的房租到期,搬到了往西一个街区的第十大道和五十七街交会口,原来的地点换成了一家中国餐馆,我的生活就少掉了一个麻烦。

"你知道那家店的老板是谁吗,马修?"

"叫葛洛根的什么人吧?"

"好几年前就不是了,那是米克·巴卢的店。"

"你是说那个'屠夫'?"

"你认识米克?"

"只见过,也听过他的大名。"

"是,他很有名。店的执照上登记的不是他的名字,不过那是他的店。我小时候跟他兄弟丹尼斯很熟,后来他死在越南了。你当过兵吗,马修?"

我摇摇头:"警察不用当兵。"

"我小时候得过肺结核,当时不知道,不过照X

光检查出一些东西,所以不用当兵。"他把烟蒂丢进阴沟里。"这是个避免当兵的方法,不过现在行不通了。"

"你那时候时机不错。"

"是啊。他人不错,我是说丹尼斯。他死了之后,我曾经帮米克做过事。你听过他的故事吗?"

"听过一些。"

"你听过保龄球袋的故事吗?那里头装了些什么的故事?"

"我不知道该不该相信。"

"我当时不在场。不过几年前,有一回我在一个地下室,就离我们现在站的地方两三个街区。有个家伙,我忘了他做过什么,一定是告了某个人的密。他们就在烧垃圾的火炉房,用晒衣绳把他绑在一根柱子上,嘴巴塞起来。米克穿上他的白色屠夫长围裙,从肩膀到脚都遮住的那种。围裙是纯白色的,除了上头的污渍。接着米克拿起一支棒球棍,开始痛揍那个家伙,血喷得到处都是。之后我在开放屋看到米克穿那件围裙,他很喜欢穿,就像刚下班的屠夫冲进酒吧迅速喝杯酒。'看到这个没?'米克会指着一块新的污渍说,'知道这是什么吗?这是告密鬼的血。'"

我们到了葛洛根开放屋南边那个街区的角落,然后再穿过第十大道。他说:"我不是什么黑道老大,可是我混过。我是说,妈的,投票给阿贝·比姆大概是我做过的最光明正大的事情了。我已经三十七岁，而我唯一有社会安全卡的时候是在绿港监狱期间，我在那儿被派去洗衣房工作。工钱大概是三毛钱一小时吧？总之是这类荒谬的数字就是了，还要扣税、扣社会福利保险金，所以就领到社会安全卡了。之前我从来没有过，之后我也从没用过。"

"你现在有工作了，不是吗？"

他点点头："一些杂事。帮两家酒吧做打烊后的清洁工作，丹·凯利餐厅和皮特氏全美餐厅，你知道全美餐厅吗？"

"那种平价酒吧，我常常钻进去迅速喝杯酒，不过从来不会在那儿久待。"

"就像去旅行休息站，我以前很喜欢走进一家酒吧，迅速喝杯酒，然后再出来面对真实世界。反正，我是半夜或凌晨去这两家酒吧，打扫干净，把垃圾清掉，把椅子归位。格林威治村那边有个货运公司偶尔会派给我一些白天的工作。不是正式的工作，做这类工作不需要社会安全卡，我勉强还可以混下去。"

"是啊。"

"我的房租很便宜，吃得也不多。我一向吃得不多，那我怎么花我的钱？夜总会？时髦衣服？拿去付游艇的油钱？"

"听起来你过得不错。"

他停下脚步，转头看着我。"是啊，可是我说的都是一团烂屎，马修。"他把手插进口袋，低头看着人行道。"问题是，我不知道我是否愿意告诉任何人我在做些什么。跟自己承认，没问题，就像我已经知道的，对吧？这不过是诚实面对真相而已。可是跟上帝承认，这个嘛，老兄，如果没有上帝的话，那就没有差别了；而如果有个上帝，他就是无所不知，所以这部分也好解决。可是跟另外一个人坦白一切，妈的，我不知道，马修。我做过一些会把你吓跑的事，而且某些事牵涉到别人，我不知道我自己对这一切有什么感觉。"

"很多人都是找神父进行这一个阶段。"

"你是说告解？"

"我想有点不一样。你不是想寻求正式的解答，来解除你心里的负担。你不必是天主教徒，也不必跑去教堂。你甚至可以在匿名戒酒会里，找个了解这个课程的神父。就算他不了解，照规矩他也不能透露你告解的内容，所以你不必担心他会说出去。"

"我想不起上一次去教堂是什么时候了。等一等，你听到我刚刚说的话了吗？天啊，我一个小时前才去过教堂。我有好几个月都每天去教堂地下室一两次，可是上一次去教堂的大厅，这个嘛，我过去几年参加过几次婚礼，天主教婚礼，可是我没有领圣餐。我想我上次告解，至少已经是二十年前的事情了。"

"不见得非找神父不可。不过你如果担心被说出去的话——"

"你以前就是这么做的吗？找神父？"

"我是和另外一个人进行这个阶段，你也认识，吉姆·费伯。"

"他没去火焰餐厅吧？"

"今天晚上没去。"

"他是做什么的，警察还是警探？"

"不，他是做印刷的，他自己在第十一大道开了家印刷店。"

"噢，那个开印刷店的吉姆，"他说，"他戒酒好久了。"

"快九年了。"

"是啊，真够久的了。"

"他会告诉你一天只要戒一回就行了。"

"是啊，他们都是这么说的。不过还是他妈的九年了，不是吗？不论你详细划分为多小的单位，高兴的话还可以用一个小时或一分钟为单位，照样是快要九年了。"

"那倒是真的。"

他又掏出一支烟，然后改变心意，把烟放回盒里。"他是你的辅导员吗？"

"非正式的。我从来没有正式的辅导员，我做任何事情都不太正式。吉姆是我想打电话找人聊聊时会找的人。"

"我戒酒的第二天，曾经找了一个辅导员。我的电话不能用，反正我就是没打过电话给他。我们在不同的地方参加聚会，所以我后来也没再见过他。"

"他叫什么名字？"

"大卫。我不知道他姓什么，而且说真的，我不太记得他长什么样子了，上回见过他之后已经过了好久。不过我没丢掉他的电话，所以我想他还是我的辅导员。我是说，如果有必要的话，我还是可以打电话给他，对吧？"

"当然。"

"我其实可以找他参加那个进阶课程。"

"如果你觉得跟他谈比较自在的话。"

"我根本就不认识他。你当过任何人的辅导员吗，马修？"

"没有。"

"你听过任何人的第五阶段吗？"

"没有。"

人行道上有个瓶盖，他踢了一脚。"因为我觉得是我引起这个话题的。真是无法相信，一个坏蛋去向警察告解。当然你现在不是警察了，但你是不是必须把我讲的事情向警方报告？"

"不，我并没有替证人或当事人保密的法定权利，就像神父或律师那样，不过我照样会保密。"

"你想听吗？一旦我开口讲，说出来的就是一堆狗屎,或许你根本不想听。"

"我会逼自己乖乖听完的。"

"我觉得提这个要求真可笑。"

"我懂,我之前也是这么过来的。"

"如果事情只牵涉到我,"他停了下来,又说,"我想要做的是,花几天时间,在心里把这些事情理清楚,好好想明白。如果你还愿意的话,我们可以一起去进行那个阶段,我会说一些。不知道你愿不愿意。"

"不要急,"我告诉他,"等你准备好再说吧。"

他摇摇头:"要等到我准备好,那我永远也不会去做。给我一个周末想清楚,然后我们就可以坐下来谈了。"

"想清楚也是这个阶段的一部分,花多久时间都没关系。"

"我已经在想了,"他说着笑了起来,手搭在我肩膀上,"谢了,马修。我家就在前头,该说晚安了。"

"晚安,埃迪。"

"周末愉快。"

"你也是。或许我会在聚会碰到你。"

"圣保罗那儿只有星期一到星期五有聚会,对吧?我星期一晚上或许会去。马修,再次感谢你。"

他走向他家那栋公寓,我从第十大道往前走了一个街区,再往东走过一个路口。靠第九大道那边的角落过去几步,有三个年轻人静静地等在我前方的一户门口,他们盯着我走到那个角落,我可以感觉到他们的目光像箭一样射进我后背。

走回家的途中,一个妓女问我要不要伴。她看起来很年轻没什么经验,不过她们都是这样,毒品和病毒很快就会弄得她们衰老不堪。

我告诉她下回吧,她那如同蒙娜丽莎的笑容一路跟着我回家。到了五十六街,一个只穿着背心的黑人跟我要零钱。又走了半个街区,一个女人走出阴影跟我提出同样的要求,她一头平顺的金发,那张脸就像大萧条时代老照片上那些失去土地而出走家园的俄克拉何马流民。我分别给了他们一块钱。

旅社前台没有留话。我上楼回自己的房间,冲了澡,然后上床睡觉。

几年前,西五十一街离哈得孙河半个街区的地方,有三个姓莫里西的兄弟拥有一栋四层楼高的小红砖建筑。他们住在三、四楼,把一楼租给一个爱尔兰业余剧场,晚上则在二楼卖啤酒和威士忌。有一阵子我常去,在那儿大概碰到过米克·巴卢六七次。我不记得我们交谈过,不过我记得在那儿见过他,而且当时我知道他是谁。

我的朋友斯基普·德沃曾这么说,如果巴卢有十个兄弟围成一个圆圈,你会以为自己置身于英国的史前巨石柱群。巴卢就像个史前巨石,也有那种吓人的架势。有天晚上，一个叫阿罗诺的女装工厂老板把一杯酒泼在巴卢身上，他立刻不停地道歉，巴卢擦掉酒渍，跟阿罗诺说没关系，但阿罗诺随即出城，一个月都不敢回来。他甚至没回家收拾行李，直接就搭了出租车到机场，一个小时之内就上了飞机。我们都同意，他是个谨慎的人，但并不过分谨慎。

　　躺在这儿等着入睡，我很好奇埃迪心里藏着些什么事，跟"屠夫"又有什么关联。不过我没有想得睡不着，我想我很快就会知道了。

整个周末都是好天气。星期六我去棒球场。大都会队和扬基队都有硬仗要打。大都会在他们那个分区还是居于领先,可是他们击球很烂。扬基则已经差第一名有六七场胜场,看起来也不可能扭转局势。这个周末大都会队去休斯敦和太空人队打三连战,扬基则是本赛季最后一次在主场比赛,对抗来访的西雅图水手队,我看到马丁利在第十一局以一支边线旁的二垒安打赢得比赛。

回去的路上,我到站没下车,一路坐到格林威治村。在汤普森街的一家意大利餐馆吃了晚饭,之后就去参加戒酒聚会。

星期天我去吉姆·费伯的公寓,看他家有线电视体育频道转播的大都会队比赛。古登投了八局,只让太空人队打出三支零星安打,可是大都会自己也没拿到半分。九局上半,教练约翰逊把古登换下来,换上马齐利,他击出了一支内野高飞球被接杀。"我想这是一个错误。"吉姆轻轻地说。到了九局下半,休斯敦的二垒手被保送,接着盗垒,然后借着一支中间方向的一垒安打,奔回本垒得分。

我们在一家吉姆一直很想试试看的中国餐厅吃

了饭，然后到罗斯福医院参加聚会。发表演讲的是个很害羞的女人，面无表情，声音只有前两排听得到。我们坐在后头根本一个字都听不见。我放弃听讲，让思绪随意游荡。一开始我想着看过的那场棒球赛，最后想到简·基恩，还有她去看棒球赛时总是乐在其中，虽然她对球场上发生的事情根本没概念。但她有回告诉我，她喜欢棒球赛中完美的几何学。

我曾带她去看过一次拳赛，可是她并不喜欢。她说她发现光看就累人，不过她喜欢冰球，她有生以来第一次看冰球还是我带她去的，结果她后来比我还喜欢。

我很高兴聚会总算结束了，然后就直接回家了。我不想跟一堆人聚在一起。

星期一早上我赚了些钱。一个参加圣保罗戒酒聚会的女人几个月前和一个家伙搬到雷哥公园那一带。他当时也在戒酒，不过几年来反反复复，一会儿参加聚会，一下又破戒跑去喝酒，结果他们在新家安顿下来没多久，他又开始喝了。过了六个或八个星期，在一顿好打之后，她才知道自己犯了错，而且也明白不必受这个罪，于是就搬回市区。

不过她有一些东西还留在原来的公寓里，她不敢自己一个人回去拿。她问我带枪保护她回去要收多少钱。

我告诉她不必付钱给我。"不，我觉得应该付，"她说，"这不单纯是匿名戒酒会成员之间帮个忙。他喝了酒就成了狗娘养的暴力分子，如果没有一个够资格处理这类事情的专业人士陪伴，我可不想回去那儿。我付得起钱，而且这样我也比较安心。"

她安排了一个叫杰克·奥迪加德的出租车司机接送我们。我是在聚会上认识他的，可是一直到上了出租车，看到驾驶座旁边手套柜上贴的出租车牌照，我才知道他姓什么。

她叫罗莎琳德·克莱因，她男友名叫文斯·布罗利奥，那天下午他不是狗娘养的暴力分子。当罗莎琳德把东西装进两个行李箱和两个购物袋之时，他多数时间只是坐在旁边兀自冷笑，一边喝着一瓶长颈的斯特罗啤酒。他正看着电视上的球赛节目，用遥控器不断切换频道。整间公寓扔满了吃剩的达美乐比萨盒，还有中国餐馆外卖用的白色硬纸盒。到处都是啤酒和威士忌空瓶，烟灰缸爆满，空的香烟盒被揉烂了扔在角落。

期间他曾开口问道："你是接班人吗？新任男友？"

"只是陪着她而已。"

他嘲笑着："我们不都是这样吗？我是说，都陪过她。"

几分钟之后，他眼睛盯着他的索尼电视说："女人哪。"

"是啊。"我说。

"她们要是没小穴的话,那倒是件好事。"我什么都没说,然后他往我这边瞧,想看我的表情。"现在说这些话,"他说,"可能要被当作性别歧视。"他说"当作"时,发音不太准,结果他专心练这个字的念法,忘了他原来要说什么。"当作,"他说,"我会被误解、修理、贴上标签。看吧,我唯一的问题就在于我被误解过一次。这个问题怎么样?"

"很好。"

"我告诉你吧,"他说,"她才是有问题的人。"

杰克·奥迪加德载我们回市区,我们两个帮罗莎琳德把东西搬进她的公寓。搬到雷哥公园之前,她住在五十七街靠第八大道那儿,现在她住在七十街靠西缘大道的一栋高楼公寓里。"以前我住的地方有一个大卧室,"她说,"现在我住在一个工作室,房租比以前贵两倍不止。我真该去检查一下我的脑袋,居然会放弃以前的地方。不过上回我是搬进雷哥公园一个有两间卧室的漂亮公寓。你们看过那儿了,或许你们能想象那个混蛋把那儿搞臭之前是什么样子。要想对一段关系有所承诺,就得表示出一点诚意,是吧?"

她给了杰克五十元车资,又给了我一百元保镖费。她付得起,就好像她也能负担更贵的房租一样,她在一个电视网的新闻部工作,收入很好。我不知道她在那儿究竟是做什么的,不过我猜想她做得不错。

我以为那天晚上会在圣保罗见到埃迪，可是他没去。聚会之后，我走到巴黎绿酒吧找那个认得保拉·赫尔德特克照片的酒保，原以为他会想起些什么，结果没有。

第二天早晨我打电话到电话公司，他们告诉我保拉·赫尔德特克的电话已经停了，我试着想查出是什么时候、什么原因停的，可是想找到能回答我问题的人，就得经过层层关卡。最后找到了消费者询问部门，是个女的接电话，她要我等一下别挂断。之后她回来告诉我，消费者资料上显示机主的费用没付清。我问她为什么会这样，难道机主没有预付最后一笔账款吗？

"她没收到最后那笔账单，"那女的告诉我，"显然她没留下转信地址。她申请装机时付了一笔押金，最后一笔账款就从押金里头扣，事实上——"

"怎么？"

"根据计算机资料，她从五月起就没付钱了，不过她的电话费不多，所以并没有超过押金的数目。"

"我懂了。"

"如果她给我们现在的地址，我们可以把余额转过去。她可能是不想被打扰，最后余额只有四块三毛七。"

我告诉她这笔钱或许保拉觉得不重要。"还有一件事情要拜托你，"我说，"你能不能告诉我她要求停机的确切日期?"

"请稍等。"她说,我听话地等着。"是七月二十日。"她说。

听起来不对,我检查笔记本确认一下,没错——保拉最后一次付房租是在六日,弗洛伦斯·艾德琳是在十五日进她房间发现房间是空的。这表示保拉在离开公寓五天后,才打电话去通知停机。既然等了那么久,那又何必打?再者,如果她打了电话,为什么不留下转信地址?

"这跟我记录的日期不符合,"我说,"她要求停机的日期会不会是早几天,然后才正式停机?"

"我们的程序不是这样。一接到停机申请,我们就马上办理。我们不必派人出去,你知道。我们是在总部用计算机控制的。"

"那就怪了,她那时候已经搬出原来的住处了。"

"稍等,我再输入一次资料,看看怎么样。"我没等多久。"根据上头的资料,"她说,"我们在七月二十日接到停机通知前,电话还是通的。当然计算机也可能会出错。"

我喝了杯咖啡,翻阅我的笔记本。然后打了个对方付费电话到沃伦·赫尔德特克的汽车展示处找他。我说:"我碰到了一个小小的矛盾,我不认为这代表什么,不过我想再查证一下。我想知道的是,你最后一次打给保拉的日期。"

"我想想看,是在六月底,呃——"

"不,那是你最后一次跟她谈话。可是之后你打过好几次电话给她,不是吗?"

"对,到最后我们听到的是电话已经停机的录音。"

"可是前面几通你打过去都是电话答录机,我想知道最后一次有答录机是什么时候。"

"我明白了,"他说,"天哪,恐怕我记不得了。我们是接近七月底去旅行的,回来之后,我们打电话过去,电话已经停机了。那是上个月中的事情。我就只能告诉你这些了。"

"好。"

"至于我们最后一次打过去有答录机是什么时候,应该是在我们离家去黑丘之前,只是我没办法告诉你日期。"

"或许你有记录。"

"哦?"

"你保存电话账单吗?"

"当然,就算没有,我的会计那边也会有。哦,我明白了,我刚刚想成如果我们没找到她的话,就不会有电话记录,可是当然如果有答录机的话,就算是接通了电话,账单上也会有记录。"

"没错。"

"恐怕现在我手边没有账单。不过我太太知道放在哪儿,你有我家的电话号码吗?"我说有。"我先打给她,"他说,"这样等你打去的时候,她就会把东西都准备好。"

"你打电话给她的时候,告诉她我现在在一个公共电话亭,会打对方付费电话过去。"

"没问题,其实我有个更好的办法,告诉我你那个公用电话的号码,让她打给你。"

我是在街上打的电话,我怕电话被别人占用。他挂断之后,我依然站在那儿把听筒凑在耳朵上,这样看起来就好像我还在使用。我留了点时间让赫尔德特克跟他太太联络,又多留了一点时间让她去找出电话账单。我把听筒依然靠在耳朵上,另伸出一只手按住钩座,这样她要打给我的时候就可以拨通。我挂断之后,几次有人在数码之外徘徊,等着用电话。每次我都转身道歉,说还得再等一下。

就在我已经对自己的街头表演练习感到厌倦之时,电话铃响了,一个低沉的女性声音说道:"你好,我是贝蒂·赫尔德特克,找马修·斯卡德。"我告诉她我是,她说她先生已经告诉她我想确定的事情。"我现在手上有七月的账单,"她说,"上头有三通是打给保拉的。两通是两分钟,一通是三分钟。我刚刚试着揣摩,为什么留话叫她回电给我们要花三分钟,不过当然一开始我们得先听完她的留话,不是吗?不过即使如此，我想有时候电话公司的计算机会多计算实际通话时间。"

"那三通电话的日期是哪一天，赫尔德特克太太？"

"七月五日，七月十二日，还有七月十七日。我也看了六月的账单，我们最后一次跟保拉通话是在六月十九日。账单上有这笔记录是因为她会先打来，让我们打回去给她。"

"你先生跟我说过你们的这套暗号。"

"我觉得有点滑稽。虽然我们不是真的要欺骗电话公司，不过好像还是——"

"赫尔德特克太太，你们最后一次打给保拉是什么时候？"

"七月十七日，她通常在星期天打电话。我们第一次打过去碰到电话录音是七月五日星期天，然后是一个星期之后的十二日，然后是十七日，我想想——十二、十三、十四、十五、十六、十七，星期天、星期一、星期二、星期三、星期四、星期五——十七日应该是星期五，而且——"

"你们打过去有答录机是在七月十七日。"

"一定是这样没错，因为通话时间是三分钟。我留话时可能讲得比平常久，告诉她我们下星期四要去达科他，请她在我们出发之前打电话回家。"

"我记一下。"我说，把她告诉我的事情匆匆写在笔记本上。有些事情不太符合，很可能是某个人的记录错了,可是我必须去掉这些不一致的地方,不管要花多少时间,就像银行出纳员加班三小时,只为了要找出一毛钱的差额一样。

"斯卡德先生,保拉出了什么事?"

"我不知道,赫尔德特克太太。"

"我有过最可怕的预感。我一直在想她已经——"她停了很久。"死了。"她说。

"目前还没有这方面的迹象。"

"有没有任何迹象显示她还活着?"

"她好像是自己决定要收拾行李搬出原来的地方,这是个好现象。要是她的衣服留在柜子里,我就不会这么乐观了。"

"是啊,当然。我懂你的意思。"

"不过我猜不到她会去哪儿,也不太清楚过去几个月她住在西五十四街过的是什么样的生活。她有没有谈过她在做什么?提到过男朋友吗?"

我又朝这个方向提了几个问题,从贝蒂·赫尔德特克那边没问出什么来。过了一会儿,我说:"赫尔德特克太太,我的问题之一是,我知道你女儿长什么样子,可是我不知道她是什么样的一个人。她有过什么梦想?她有哪些朋友?她平常都做些什么?"

"要是换了我的其他小孩,回答这个问题就容易多了。保拉是个爱做梦的人,可是我不知道她做过些什么梦。她念高中时再平凡不过了,但我想那只是她还没准备好让自己散发光芒。她隐藏真正的自己，或许也在逃避自己，"她叹了口气，"她像一般高中生那样谈过恋爱，不是很认真，后来在鲍尔州大，我想她在斯考特死掉之后就没有过真正的男朋友了，她一直——"

我打断她的话，问她斯考特是谁，发生了什么事。斯考特是她的男朋友，而且在她大二那年成了她非正式的未婚夫，他骑摩托车时在一个转弯失去控制。

"他当场就死了，"她回忆，"我想这件事情改变了保拉。之后她有过几个要好的男孩，可是当时她对戏剧产生兴趣，而她的那些男孩朋友都是戏剧系的。我不认为她是在跟那些男孩谈恋爱。她最常来往的那几个，依我看都是对女孩没兴趣的。"

"我懂了。"

"从她离家去纽约那天我就一直替她担心。你知道，她是唯一离家的，其他孩子都住在附近。我没把自己的忧虑表现出来，也没让她知道，而且我想沃伦也不知道我有多担心。可是现在她就这样从地球表面消失了——"

"她也许会突然出现。"我说。

"我一直在想，她是去纽约寻找自己的。她不是想去当演员，这件事似乎对她并不那么重要，她是去寻找自己的。而我现在的感觉是，她已经迷失了。"

我在第八大道的比萨摊子吃午餐，点了一片厚厚的西西里口味比萨，在上头加了一大堆红辣椒碎片，就站在柜台前面吃了起来，还另外点了一小杯可乐。这比起——比方说，走到德鲁伊城堡，试试他们的"洞中蟾蜍"，要更方便而可靠。

星期二中午在圣克莱尔医院有个聚会，我记得埃迪说过他常去。我到那儿的时候已经迟到了，不过还是待到结束，他没有出现。

我打电话回我住的旅社，问有没有给我的留话，结果一个都没有。

我不知道自己为什么要找他。或许是警察的直觉吧。前一天晚上我也曾期待能在圣保罗的聚会碰到他，可是他没来。他或许改变想法不想跟我进行第五阶段，或者只是想多花点时间考虑，或者只是暂时不参加聚会，免得在他还没准备好之前碰到我。或者他只是决定那天晚上要看个电视节目，或去参加另一个聚会，或是去散个步。

他是一个酒鬼，也有麻烦，这些情况可能会使他忘记不喝酒的种种美好理由。就算他开了酒戒，我也没义务要盯着他，人家没开口你就不该帮忙。而在此之前，我所能做的，就是不要去烦他。

或许我只是厌倦了寻找保拉·赫尔德特克的踪迹，或许我找寻埃迪只是因为我觉得他会比较好找。

就算他比较好找，也还是要花点工夫。我知道他住哪条街，可是不知道是哪栋楼，而且我不打算挨家挨户去查门铃旁和信箱上的姓名牌。我查了电话簿，也许他虽然被停了机，但是他的名字还登在上头，结果没找到。

我打到查号台，说我是警察，编了一个警徽号码。这构成了犯罪，不过我不认为这有什么罪不可赦的。我又没要求她做什么犯法的事情，只是希望她帮个忙，否则她要是知道我是个普通老百姓，可能就会拒绝。我告诉她我想查的可能是一两年前的资料。她的计算机查不到，不过她找到一本旧的电话簿，可以帮我查。

我告诉她我要找的人是埃迪·邓菲，住在西五十一街四百号。她查不到，但查到一个西五十一街五百零七号的P. J. 邓菲，可能跟西边的第十大道隔三四家。听起来很接近，那是他母亲以前住的公寓，他不会费神去申请更改电话登记的名字。

五百零七号就像周围一样，是旧的建筑法规下的六层楼房。电铃和信箱上有的有姓名牌，有的没有，不过4C电铃旁边有一条细长的硬纸板写着"邓菲"。

我按了门铃，等着。几分钟之后我又按了一次，又等了一会儿。

我按了管理员的铃，大门有了反应，我推开门进入一个光线黯淡的门厅，空气很闷，有老鼠和煮包心菜的味道。门厅的尽头一扇门开着,一个女人走出来。她很高,留着及肩的金色直发,用橡皮筋扎起来。她穿着膝盖快磨破的蓝色牛仔裤,上身是一件法兰绒格子衬衫,袖子卷到手肘,最上头两颗扣子没扣。

"我叫斯卡德,"我告诉她,"我在找一个你的房客,爱德华·邓菲。"

"哦,是,"她说,"邓菲先生住四楼,后侧的公寓,我想是4C。"

"我按过他的电铃,没人回答。"

"那他可能出去了。他在等你吗?"

"是我在等他。"

她看着我,她远看比较年轻,近看就可以发现有四十好几了,但保养得相当不错。她的前额又高又宽,发际成尖尖的V字形,下颚很宽,给人感觉坚强但不刻薄。颧骨很棒,脸部线条很有趣。我跟雕刻家交往过好一阵子,心里自然就冒出这些字眼,我们分手没多久,还没来得及戒掉这个习惯。

她说:"你认为他在楼上,听到门铃却没有应门?当然门铃也可能坏掉,如果房客告诉我,我就会去修,可是要是你的访客不多,你就不会知道门铃坏掉了。你要不要上去他那儿敲他的门?"

"或许我应该去。"

"你担心他,"她说,"对不对?"

"我是担心,可是我没办法告诉你为什么。"

她很快下定决心。"我有钥匙,"她说,"除非他换过锁,或者多加了一把锁。在这样的城市里,换了我也会这么做。"

她回到自己的公寓,带了把钥匙出来,然后把她门上的两道锁都锁上,带路上楼。楼梯间除了老鼠和包心菜,又有其他的味道混进来。发臭的啤酒味、尿臊味、大麻味,还有拉丁美洲食物的气味。

"如果他们换了锁,或加上新的锁,"她说,"应该要给我一把钥匙。租约里其实有这条规定,房东有权利进入每一户。不过没人理会,屋主不在乎的话,我当然也不在乎。我有一把标着4C的钥匙,不过这不代表我就有办法真把那扇门打开。"

"试试看吧。"

"也只能这样了。"

"呃,也不见得只能这样,"我说,"我开锁的技术还不赖。"

"哦,真的?"她转过头来看了我一眼,"这在你那一行一定很有用。你是做什么的,锁匠还是小偷?"

"我以前当过警察。"

"现在呢?"

"现在我是个前任警察。"

"别开玩笑了。刚刚你讲过你的名字,可是我没记住。"

我又告诉她一次。在爬楼梯的时候,她告诉我她叫薇拉·罗西特，当大厦管理员已经有大概两年，她提供服务，换取免费租住的权利。

"不过这对房东来说也没花什么成本，"她说，"因为反正他也不会把这一户租出去。除了我之外，这栋公寓还有三个空户，都是不出租的。"

"想要租出去很容易。"

"转眼就能租出去，每个月可以有上千元收入，厉害吧。可是房东宁可空着，他想把这栋建筑改成合作公寓，没租出去的公寓最后都成为支持他的一票，然后他可以卖给任何负担得起的人。"

"但同时每户空房子让他每个月损失一千元。"

"我想长期来说对他是划算的。如果改成合作公寓，每一户鸽子笼他可以卖到十万元。可这是纽约，我想这个国家其他任何地方，一整栋楼都卖不到这个价钱。"

"在其他地方，这栋楼都该拆了。"

"不见得。这栋楼很牢固，已经有上百年历史，老住户搬进来的时候都是廉价劳工阶级。他们不像斜坡公园或克林顿山那边的老居民原来都是有钱人。即使如此，这栋建筑还是相当不错。那就是邓菲先生的房门了，后侧右手边那户。"

她走到门前敲门，敲得很用力。没人应门，她又再敲，更用力。我们看看对方，她耸耸肩，把钥匙插进锁孔，转了两圈，先转开锁闩，然后"咔嗒"一声打开弹簧锁。

她一转开门,我就知道我们会看到什么。我抓住她的肩膀。

"让我来,"我说,"你不会想看到这个的。"

"那是什么味道?"

我抢在她前面往里走,进去找尸体。

这户公寓规划成典型的纵排一列,三个小房间排成一条直线。靠走廊的是起居室,有沙发、扶手椅和电视机。扶手椅的弹簧露出来,扶手和沙发椅面的布都破了。放电视的餐桌上有个烟灰缸,里头有几个烟蒂。

再过去那个房间是厨房。炉子、水槽和冰箱靠墙排成一排,水槽上方有个窗子朝着通风井。除此之外,还有个老式有脚爪的大浴缸,外表的瓷面剥落了一部分,露出黑色的铸铁。那上头罩了块涂着米白色亮光漆的三夹板,把浴缸变成餐桌。浴缸餐桌上有个空的咖啡杯,还有只脏烟灰缸。水槽里堆着盘子,滴水篮里还有些干净的。

最后一个房间是卧室,我就是在那儿发现埃迪的。他坐在没铺好的床上,往前倒下。身上除了一件白色T恤之外什么都没穿。他身边有一堆杂志,其中一本摊开在他前面的油毡布地板上,是一张跨页的年轻女郎照片,女郎的手腕和脚踝都被绑住,全身密密麻麻地缠着绳子。她的大胸脯被电线或是类似的东西紧紧地缠住,脸部扭曲,有种虚伪的痛苦和恐惧。

埃迪的脖子上有根绳子,是打了活结的塑料晒衣绳。另一头系在天花板的一根管子上。

"我的天!"

薇拉过来看到了这一幕。"怎么了?"她问道,"天啊,他怎么了?"

我知道他怎么了。

来的警察名叫安德烈奥蒂。他的搭档是个不太黑的黑人巡警,待在楼下问薇拉话。安德烈奥蒂身材壮得像头熊,一头蓬松的黑发,两道浓密的眉毛。他跟着我到三楼去埃迪的公寓。

他说:"你自己也当过警察,所以想必你都照着程序来。你没有碰过任何东西或改变过任何东西的位置吧?"

"没有。"

"他是你的朋友,可是一直没露面。这是怎么回事,你们约好了吗?"

"我以为昨天会碰到他。"

"是啊。呃,他当然是没办法去了。法医会确定死亡时间,不过我现在可以告诉你,他死亡已经超过二十四小时了。我才不管那些小册子上有什么规定,我要开窗子,你去把厨房的窗子也打开吧?"

6

我照办了,也顺便打开客厅的窗子。我回来后,他说:"他没出现,然后呢?你打电话给他?"

"他没有电话。"

"那这是什么?"那是床边一个充当床头柜的柳橙木箱,上头有个黑色的转盘拨号型电话机。我说电话是不通的。

"真的？"他拿起话筒凑到耳朵上然后又放回去。"原来如此，是没接上线还是别的原因？不，这电话应该没坏才对。"

"被停机好一阵子了。"

"他搞什么鬼，把电话机当艺术品收藏？狗屎，我不应该碰的，任何人都不应该破坏现场。我们马上要把这个地方封锁，现在看起来情况很明显，你不觉得吗？"

"看起来是这样。"

"我以前见过几次，高中、大学那种年纪的小孩。我第一次看到时，心想，狗屎，这样根本不可能自杀成功，因为我们碰上的那个小孩，是在他自己的衣柜里被发现的。你能想象吗？他就坐在一个倒着放的牛奶箱上头，那种塑料牛奶箱，脖子上套着打了结的床单，然后缠在衣柜横杆上。你想用这种方法吊死自己的话，其实不可能。因为只要站起来，就会把加在绳子上或床单上的重量移转掉。就算身体的重量真的能把绳子拉紧而迅速把自己绞死，也会先把整根横杆拉垮。

"所以我打算排除自杀的可能，猜想是有人把那个小鬼勒死想布置成自杀，却搞得破绽百出。我当时的搭档给了我一些提示。他指出的第一点是那个小鬼是光着身子的，他告诉我，那是'窒息式自慰'。

"我没听过这个字眼,那是手淫的一种新招数。把自己弄得半窒息呼吸困难,借此刺激快感。可是要是一个不对,就会像这个可怜小王八蛋一样,成了一块死肉。你的家人发现你的时候,你就是这副德行,双眼凸出,手里握着你的小鸡鸡。"

他摇摇头。"他是你的朋友,"他说,"可是我敢说你没见过他这副惨相。"

"是没见过。"

"不会有人知道的。那些高中的小孩常常互相学来学去,要是成年人,去他的吧。你能想象一个成年人告诉别人,'嘿,我发现一个很棒的自慰奇招'吗?所以你发现了就会大吃一惊,以为他不过是心脏病突发之类的,是吧?"

"我只不过是合理地担心有些事情不对劲。"

"管理员用她的备用钥匙开了门,门是锁着的?"

"上了两道锁,弹簧锁和闩锁。"

"所有窗子也都是关着的?好吧,你要问我的话,我是觉得看起来相当明显了。他有什么可以通知的家人吗?"

"他的父母亲都死了,就算有其他家人,他也没提过。"

"寂寞的人死得寂寞,真够伤心的了。看看他多瘦,可怜的小王八蛋。"

到了起居室,他说:"你愿意正式认尸吗?既然联络不到他的亲人,我们必须找个人指认他。"

"他是埃迪·邓菲。"

"好,"他说,"这样就够了。"

薇拉·罗西特住1B,在公寓后方,设计就跟埃迪的一样,但因为是在整栋楼的东侧,所以每样东西的配置都是相反的。不过因为重新装潢过了,所以她的厨房里没有浴缸,可是靠卧室旁边的小浴室里,有个两平方英尺大的淋浴棚。

她坐在厨房里一张锡桌面的餐桌旁,问我要不要喝点什么,我说我想喝杯咖啡。

"我只有速溶的,"她说,"而且是无咖啡因的。你真的不要改喝啤酒吗?"

"无咖啡因速溶咖啡就好。"

"我想我需要一点东西来让自己振作一点,看看我抖得多厉害。"她伸出一只手,掌心向下,就算真抖了也看不出来。她从水槽上方的碗碟橱拿出一瓶二百毫升小瓶装的提区尔牌苏格兰威士忌,倒了大约两盎司在一个塑料的透明果冻杯里。她把杯子和酒瓶摆在面前的餐桌上,坐下来,拿起杯子,眼睛盯着,一口喝掉一半,接着就咳了起来,全身战栗着,然后重重叹了口气。

"这样好多了。"她说。

我相信。

烧水的壶发出笛音,她过去帮我冲那杯根本不算咖啡的咖啡。我搅了搅,把汤匙留在杯子里,据说这样咖啡会冷得比较快,其实我很怀疑这种说法。

她说:"我连奶精都没有。"

"我喝黑咖啡。"

"不过倒是有糖。"

"我不加糖。"

"因为你不想破坏速溶无咖啡因咖啡的真正香味。"

"差不多就这个意思吧。"

她把剩下的威士忌喝光,然后说:"你一闻到那味道就知道怎么回事了,所以你知道会发现尸体。"

"那种味道你不会忘掉的。"

"我也不指望自己能忘掉。我猜你当警察的时候,一定常常走进这种公寓。"

"如果你指的是里头有尸体的公寓,没错,恐怕我是见多了。"

"我想你已经习惯了。"

"我不知道这种事情会不会习惯,通常你会慢慢学着去掩饰自己的感情,不让别人也不让自己发现。"

"有意思。那你又是怎么应付这种事情呢?"

"唔,喝酒很有用。"

"你确定你不想——"

"是,我很确定。除了刻意不让自己有任何感觉之外,你还能怎样呢?有些警察对这种事很生气,或者会对死亡表现得很轻蔑。他们搬运尸体下楼时,几乎是拖着走,尸体就在一级一级阶梯上撞来撞去。要是你是尸袋里头那家伙的朋友,你当然不希望看到这种事情。可是对那些警察或殡仪馆的人来说,那是使尸体非人化的一种方式。如果你就像是处理垃圾一样,那么你就不会太苦恼,或者也不会想到这种事可能会发生在自己身上。"

"天哪。"她说着又在杯子里倒了点威士忌,脸上带着痴傻的笑容。她盖上瓶盖,拿起酒杯。

"你当过几年警察,马修?"

"好几年。"

"你现在的职业呢?要退休也太年轻了。"

"算是私家侦探吧。"

"算是?"

"我没有行业执照,没有办公室,没在商用电话簿上头登记。到目前为止,生意也接得不多,不过时不时会有人要我帮他们处理一些事情。"

"你也都能处理。"

"只要我办得到。现在我在替一个住印第安纳州的人工作,他女儿来纽约当演员,曾住在离这儿几个街区的一栋套房公寓,两个月前失踪了。"

"她怎么了?"

"这就是我应该去查出来的。我现在所得到的资料,不会比刚接这桩案子的时候多。"

"这就是你想见埃迪·邓菲的原因？他跟她交往过吗？"

"不，他们两个人没关系。"

"唔，告诉你我的理论，这个念头刚刚才闪过我的脑子。他可能曾找她去拍那些杂志的照片，然后你听说她演过那种以暴力死亡高潮为收场的色情片，想来这儿查出点什么。会不会是这样？"

"暴力死亡高潮为收场的色情片？或许吧，我听说过这玩意儿。唯一看过的一次，很明显是在演戏，假得很。"

"你看过真正的这类片子吗？有人找你去看过吗？"

"我没有理由去看。"

"好奇不就构成一个理由吗？"

"我不认为。我想我对这种影片没那么大的好奇心。"

"我也不知道自己会怎么想，或许看了会希望自己没看过，也或许没看却希望自己看过。她叫什么名字？"

"那个失踪的女孩？保拉·赫尔德特克。"

"她和埃迪·邓菲之间没有任何关联吗？"我说没有。"那你为什么想见他？"

"我们是朋友。"

"老朋友？"

"最近才认识的。"

"你们两个都做些什么,一起去逛街买杂志?抱歉,这样说对死者太不敬了。可怜的家伙死了。他是你的朋友,而他死掉了。可是你们两个不像真的是朋友。"

"警察和罪犯往往也会有很多共同点。"

"他是罪犯?"

"曾经是,混过一小段时间,在大街上成长的人总难免要经过这一关。当然以前这一带比现在险恶多了。"

"现在变得绅士化、雅皮化了。"

"不过还是保留了过去的痕迹。还是有一些狠角色住在这附近。我最后一次见到埃迪,他告诉我他曾目击一桩杀人案。"

她皱起眉头,面露忧色。"哦?"

"有个家伙曾在一个地下室的火炉房,用棒球棍把另外一个家伙活生生打死。几年前发生的,不过用球棒打死人的那家伙到现在还照样混得很好,就在几条街外开了家酒吧。"

她啜着威士忌。她喝起酒来像个酒鬼,没错。而且我想这不是她今天第一次喝酒。早先我就从她呼吸的气息中闻到一股酒味,可能是啤酒。不过这并不代表她喝了很多。一旦你戒了酒,很自然就会对别人身上的酒味变得格外敏感。或许她只是中餐时喝了瓶啤酒,这在现代人来说是稀松平常的。

不过，她喝纯净的威士忌的样子看起来像个老手。难怪我会喜欢她。

"再来杯咖啡吧，马修？"

"不，谢了。"

"你确定？不麻烦的，水还是热的。"

"现在还不想喝。"

"咖啡很糟吧？"

"没那么糟。"

"你不必担心我会因此难过。我的自尊可不是放在这些咖啡上头，这些从罐里舀出来的咖啡一点也不会伤到我的自尊。有一阵子我都买豆子自己回来磨，你要是那个时候认识我就好了。"

"天注定我现在才认识你。"

她打了个呵欠，双手伸展高举过头，像猫咪伸懒腰。随着伸展动作，她的胸部往外挺，绷紧了法兰绒衬衫。过了几秒钟，她放下手臂，衬衫又回复松垮垮的样子了，不过我依然盯着她的身体。她中途去洗手间的时候，我看着她离桌走开。她的牛仔裤紧紧包着臀部，两块鼓出来的地方磨得几乎成了白色，我一路盯着她走进浴室。

然后我看着她的空杯子，还有旁边的酒瓶。

她从浴室出来的时候说："还是闻得到。"

"味道不在你的房间里，而是在你的肺里。要摆脱那个气味还得一阵子。不过那儿的窗子都打开了,而且公寓里也很通风。"

"无所谓。反正房东也不会出租那个房间。"

"拿来当仓库?"

"我想是吧。等会儿我要打电话给他,跟他说他失去了一个房客。"她一只手抓住瓶子底部,另一只手旋开瓶盖。她戴着一个黑色塑料表带的电子手表,手指没有戒指,也没有擦指甲油。她把指甲剪短了,其中一个拇指靠近指甲根的地方有块白点。

她说:"他们把尸体搬走多久了?半个小时了吗?现在随时会有人来按我门铃,问我有没有空房间可以出租。这个城市的人都像秃鹰。"她倒了一点威士忌在杯子里,又傻笑起来。"我干脆就说已经租出去了。"

"外头还有很多人睡在地铁车站里。"

"还有公园板凳,不过现在太冷了。我知道,到处都看得到那些人,曼哈顿看起来有点像第三世界国家了。可是街上流浪的人却无法租到公寓,他们付不起每个月一千元的房租。"

"还有些租到房子的人付得更多。有些福利旅馆的单人房一个晚上就要五十块钱。"

"我知道,而且又脏又危险,我指的是那些福利旅馆,不是去住的人,"她喝了一口酒,"或许去住的人也一样吧,看起来是这样的。"

"或许吧。"

"又脏又危险的人,"她荒腔走板地唱着,"住在又脏又危险的房间里。这是八十年代的城市民谣。"她两手伸到脑后弄着头发的橡皮筋,胸部再度挺出来绷着衬衫,也再度吸引了我的注意力。她拆掉橡皮筋,用手指梳弄着头发,晃晃头,头发披散在肩膀上,围住她的脸,使得脸部轮廓的线条变得柔和起来。她的头发是层次深浅不同的金色,从极浅的淡金到深棕。

她说:"整件事情太疯狂了,整个系统都烂掉了。我们总是这么说,而看起来好像我们一直没错——就算解决的方式错了,至少我们提出的问题是对的。"

"我们?"

"该死,我们总共两打人哪,老天。"

没想到,她有一段往事。二十年前她在芝加哥念大学,参加过民主党大会的示威活动。当时芝加哥市长戴利派警察镇压暴动,她的牙齿被警棍打掉两颗。她原本就已经是激进学生,这次的意外促使她加入"争取民主社会学生会"的一个旁支"进步共产党"。

"出于无意的巧合,"她说,"最后我们的缩写落得跟'天使之尘'[①]一样。都二十年前的事了,灰尘毕

---

① "天使之尘"是一种强烈迷幻药的俗称,又名PCP,而进步共产党(Progressive Communist Party)的缩写亦为PCP。

竟积不了多少重量，不过我们也一样，全部成员从未超过三十人。我们要展开一场革命，要把这个国家扭转过来。生产工具国有化，消灭所有年龄、性别、种族的阶级界线所造成的差别待遇——我们三十个人将要领导全国走向天堂，我觉得我们也真的相信这一点。"

她为这个运动奉献了多年的青春。她搬到某个城镇，去当女招待或女工，遵从组织的一切命令。"命令不见得合理，不过无条件遵从组织纪律是我们认可的一部分。你不必去管那些指令合不合理。有时候我们会有两个人接到命令搬到亚拉巴马州某个狗屎般的小镇，假扮夫妻租个房子住下来。所以两天后我就跟一个几乎不认得的人住在一个拖车屋里，跟他睡在一起，为了谁洗盘子而吵架。我会说如果他希望我去做所有家务，那么他就是落入了老套性别歧视角色的陷阱；而他会提醒我，我们应该融入环境，而你在这个低阶层白人拖车停车场里，能找到几个有这么先进观念的丈夫呢？然后两个月过去，我们才刚刚步上轨道，上头又要他去印第安纳州加里城，而我则被派到俄克拉何马城。"

有时候她会奉令去跟工人谈话，招募新成员。她还曾从事过几次深入的工厂破坏行动。她常常搬到一个地方，静候进一步指示，却没有任何指示下来，最后她又奉命再搬到另一个地方，再等。

"我说不出那是怎么样的一种情况,"她说,"或许我该说,我不大记得那是怎么样的一种情况了。组织成了你全部的生活,你被隔绝在一切之外,因为你生活在一个谎言中,所以你无法在组织之外建立深入的人际关系。朋友、邻居和工人都只是你眼前伪装成全世界的布景、道具和舞台服装而已。此外,他们只不过是那个历史的伟大追逐游戏的小卒子,他们不知道真实世界所发生的事情,这就是我们最重要的麻醉剂——你必须相信你的生命比其他人更不凡。"

五年前她开始真正地醒悟过来,可是想把她生命中这么大一块一笔勾销,还得花上好一段时间。就像玩扑克牌一样——你押了那么多赌注在上头,当然不会愿意罢手。最后她爱上了一个和运动完全无关的人,便不顾党内纪律嫁给了他。

他们搬到新墨西哥州,不久后婚姻破裂。"我明白这桩婚姻只不过是脱离组织的一个方式,"她说,"如果这是代价,那我已经付出了。所谓天下没有绝对的坏事。我离了婚,搬到这里,成为一个公寓管理员,因为我想不出其他住进公寓的方法。你呢?"

"我怎样?"

"你是怎么变成现在这个样子的?是什么原因造成的?"

我已经问过自己这个该死的问题有好几年了。

"我当过警察,当了很久。"我说。

"多久?"

"将近十五年。我有老婆有孩子,以前住在长岛的赛奥西特区。"

"我知道那个地方。"

"我不知道自己算不算是醒悟,反正无论如何,原来的生活不再适合我。我辞掉警察的工作,从家里搬出来,在五十七街租了一个房间,我现在还住在那儿。"

"套房公寓?"

"比那个好一点点,西北旅社。"

"你不是有钱,就是符合房租管制的保护资格。"

"我没什么钱。"

"你一个人住?"我点点头。"还没离婚?"

"几年前就离了。"

她向前靠,把一只手放在我的手上。她的气息有浓浓的苏格兰威士忌味儿,我不确定自己喜欢以这种方式闻到酒味,不过比起埃迪公寓里的味道要容易接受多了。

她说:"那,你觉得呢?"

"觉得什么?"

"我们一起看到死亡。我们互诉彼此生命中的故事,我们没办法一起喝醉,因为两个人中只有一个人喝酒。你一个人住,有跟谁交往吗?"

刹那间我忆起简位于里斯伯纳德街的房子,坐在她沙发上的那种感觉，伴着维瓦尔第的室内乐和煮咖啡的香气。

"没有，"我说，"没有跟谁交往。"

她的手按住我的。"那么，你看我怎么样，马修，你想搞吗？"

我从来就没有烟瘾。喝酒的那几年,偶尔我会一时冲动去买包香烟,一根接一根地连续抽上三四根,剩下的就扔了,然后过上好几个月才会再碰烟。

简不抽烟。后来我们决定分手一阵子时,我曾经跟一个抽云斯顿淡香烟的女人约会过几次。我们没上过床,不过有天晚上我们接吻,在她嘴里尝到烟味真是一大冲击,我隐隐有种厌恶往上涌,一时却也对香烟微微思念起来。

薇拉嘴里威士忌的味道影响更深,这是可想而知的。毕竟,我的烟瘾还没到要每天去参加戒烟聚会的地步,而且就算我忍不住抽了一根,也不会因此害自己住进医院。

我们在厨房里互拥,两人都站着。她只比我矮一两英寸,两人身高非常配。在她说那些话之前,在她把手放在我的手上之前,我就已经在好奇,吻她的滋味会是如何。

威士忌的味道很浓,我以前大半都喝波本,苏格兰威士忌只是偶尔喝,可是也没差别。酒精在召唤我,混合着带有欲望的回忆。

我的感觉复杂极了,交织在一起分不清。有恐惧,还有深深的哀伤,当然还有对酒的渴慕。我兴奋起来,那是一种猛烈的兴奋,一部分是因为她带着威士忌味道的嘴，不过还有另外一股吸引力直接来自她的身体，她柔软结实的乳房抵着我的胸，暖热的腰贴着我的大腿。

我伸手抓紧她牛仔裤臀部磨得很薄的地方，她的手扣紧我的肩膀。

片刻之后，她抽离我的怀抱，看着我。我们的目光交接，她的眼睛睁得大大的，一览无遗。

我说："我们上床吧。"

"老天，好。"

卧室又小又暗，窗帘拉上了，光线几乎透不过那扇小窗子。她扭开床头灯，然后又扭熄，拿起一包火柴。她划了一根想点燃蜡烛，可是烛芯跳闪了两下，没点着。她又拆下另一根火柴，我把火柴和蜡烛从她手上拿过来放在一边，这么黑黑的就挺好的。

她的床是张双人床，没有床架，地上只放了一个木头箱座，上头摆了床垫。我们站在床边，看着对方，脱掉衣服。她腹部右边有一道割盲肠的手术疤，丰满的乳房上雀斑点点。

我们上了床，进入彼此。

事后她进厨房拿了一罐淡啤酒回来。她拉开拉环，喝了一大口。"不知道我为什么会买这个。"她说。

"我可以想出两个原因。"

"哦？"

"味道棒，还有不容易醉。"

"你好滑稽。味道棒？这喝起来简直一点味道都没有。我一向喜欢味道重的，从来就不喜欢任何清淡的东西。我喜欢提区尔牌或白马牌这些重口味苏格兰威士忌，我喜欢那些口味重的加拿大麦酒，我抽烟也最受不了有滤嘴的。"

"你以前抽烟？"

"抽得很凶。组织鼓励我们抽，这是跟那些工人阶级打成一片的方式——你敬我一支烟、我敬你一支烟，点着了，大家抽着抽着就有同生共死的气氛了。当然一旦革命成功，抽烟就会像无产阶级专政一样逐渐消失。腐败的烟草公司将被摧毁，而种植烟草的农民，则会接受再教育，去种植符合辩证法的作物，我想是绿豆吧。而劳动阶级则从资本主义压迫的焦虑中解放出来，他们将再也不需要每隔一阵子就吸尼古丁了。"

"讲得真像回事。"

"当然。我们对任何事情都有一套理论，为什么不呢？我们有大把时间去建立理论，可是他妈的从来没有'实践'过任何事情。"

"所以你是为了革命而抽烟的？"

"完全正确。我抽骆驼牌，每天两包，或者抽皮卡运牌，不过这牌子很难买到。"

"我根本没听说过。"

"哦,这种香烟棒死了,"她说,"相比之下,高卢牌简直就没味道。它会扯裂你的喉咙,让你连脚趾甲都熏黄。光是在钱包里面塞一包这种烟都足以致癌。"

"你什么时候戒掉的?"

"在新墨西哥州那阵子,就是我离婚之后。反正那时候很惨,我想我根本没注意到自己停止抽烟。这么消沉实在不应该,不过我后来没再抽就是了。你现在完全不喝酒吗?"

"对。"

"以前喝吗?"

"嗯,喝。"

"据说就是因为喝过,所以才要戒。"

"就是这么回事。"

"我也想过,奇怪我认得的人从来没有戒什么能戒得了一辈子的。我和那种人通常都处不来。"

她双脚交叉坐在床头,我用一只手臂撑着身子侧躺,另一只手伸出去抚摸她裸露的大腿。她把手放在我手上。

"我不喝酒会让你困扰吗?"

"不会。那我喝会不会困扰你?"

"现在还不知道。"

"好吧。"

她拿起啤酒喝了一小口,说:"要不要我弄点东西给你喝?我可以冲咖啡什么的,你要不要?"

"不要。"

"我没有果汁或汽水之类的,不过跑去转角商店买很快的,你想要什么?"

我从她手上取过啤酒罐,放在床旁的桌上。"过来。"我说,把她摆平在床垫上。"我告诉你我想要的。"

八点左右我在黑暗中摸索着找到内裤,她原先睡着了,不过我穿衣服的时候她醒了过来。"我得出去一下。"我告诉她。

"几点了?"她看看表,舌头发出啧啧声。"这么晚了,"她说,"这样消耗时间真是不错,你一定饿了。"

"你也一定有一段短暂的回忆。"

她妩媚地笑了起来,"要不要我帮你煮点东西吃,补充营养?"

"我得去个地方。"

"哦。"

"不过大概十点就会结束,你能等到那时候吗?我们可以出去吃个汉堡什么的,除非你饿坏了不能等。"

"这样很好。"

"我大概十点半回来,不会再晚。"

"按我的门铃就是了,亲爱的。还有,顺带说一句,你要把门铃按得响亮又清楚。"

我到圣保罗教堂去,走下通往地下室的入口,那一刻我觉得内心轻松起来,好像放下心里一块大石头。

我还记得几年前,有天醒来想喝酒想得要命,然后就下楼到旅社隔壁的麦戈文酒吧去。那家店很早就开了,老板懂得一早就想喝酒的滋味。我还记得身体里的那种感觉,纯粹是生理上需要喝一杯。我也还记得在喝酒之前,那种需要其实已经平息了。当酒倒进杯子,我把手放在玻璃杯上时,内心的某种紧张就松弛下来。而人一松弛,种种病态症状就去掉一半了。

整件事真可笑。我需要去参加聚会,我需要匿名戒酒会的伙伴们,我需要听那些聚会上谈的聪明或愚蠢的事情。我也需要谈谈自己的一天,借以放松,也整理自己的种种经验。

这一切还没开始,但我现在已经觉得安全了。我在会议室里,所有事情都会按部就班地发生,所以我已经觉得好多了。

我走到咖啡壶那儿给自己倒了一杯。咖啡并不比我在薇拉那儿喝的速溶咖啡好,不过我喝光了,又过去再倒了一杯。

演讲人是我们这个团体的会员,此次是为了庆祝她戒酒满两周年。大部分来参加聚会的人都曾听过她喝酒的经历,所以她就改谈过去两年来她的生活。她说得相当动人,讲完时的掌声比平常都来得热烈。

休息时间过后,我举手发言,谈起发现埃迪尸体的事,还有之后一整天我都和一个喝酒的人在一起。我没说得太详细,只说我当时的感觉还有现在的感觉。

聚会结束后几个人来找我问问题,其中一些不太清楚谁是埃迪,想确定是不是他们认得的某个人。他不常来圣保罗,也很少讲话,所以知道我在讲谁的人并不多。

有几个人想知道死因,我不知该怎么回答。如果我说他是吊死的,他们会以为他是自杀。如果我进一步解释,就得讲些并不情愿提到的事情。于是我故意含糊带过,说死因还未经正式确认,看起来像是意外死亡。这是事实,至少是一部分的事实。

有个叫弗兰克的家伙戒酒很久了,他只问了一个问题:埃迪死的时候没喝酒吗?

"我想他应该没喝,"我告诉他,"房间里没有任何酒瓶,看不出他破戒。"

"噢,真是感激上帝。"弗兰克说。

感激上帝哪一点?不论喝醉或清醒,反正他都死了不是吗?

吉姆·费伯在门边等我，我们一起走出去，他问我要不要去喝杯咖啡，我说我得去见一个人。

"和你共度下午的那个女人？喝酒的那个？"

"我好像没提过她是女的。"

"你是没提过，'这个人在喝酒，在当时情况下很自然，没有理由认为他们喝酒会出问题。'你用的词是这个人、他们——通常你不会犯这种语法错误，除非你是想刻意避开不提性别。"

我笑了："你应该去当警察的。"

"不，这是因为我开印刷店，那会让你对句子的结构很敏感。你要明白，她喝多少或她喝酒有没有问题并不重要。重要的是对你有什么影响。"

"我知道。"

"你以前跟喝酒的女人在一起过吗？"

"戒酒以后就没有过了。"

"不会吧。"

"除了简之外，我没真正跟其他人交往过。仅有的几次约会，对象都是匿名戒酒会的人。"

"你今天下午感觉怎么样？"

"跟她相处很愉快。"

"跟酒相处呢？"

我思索着答案。"我不知道从什么时候开始，酒精对我的影响超过那个女的。我当时既紧张又亢奋，还有些焦躁不安；好在那栋楼到处都有酒，否则我恐怕会更加焦躁不安。"

"你有喝酒的冲动吗?"

"当然有。不过都没有付诸行动。"

"你喜欢她吗?"

"目前是这样。"

"你现在要去找她吗?"

"我们要出去吃夜宵。"

"不要去火焰餐厅。"

"或许我们会找个更高级一点的地方。"

"好吧,你有我的电话号码。"

"是,老妈。我有你的电话号码。"

他笑了:"你知道老弗兰克会怎么说,马修,'小子,每条裙子底下都有一桩纰漏。'"

"我相信他会这么说。而且我也相信他最近没见过多少裙子底下的东西。你知道他刚才说什么吗?他问我埃迪死的时候是不是没喝酒,我说是,他就说:'噢,真是感激上帝。'"

"那又怎样?"

"他都死了,喝不喝又有什么差别。"

"没错,"他说,"不过这一点我和弗兰克想法一样,假如他非死不可的话,我会很高兴他死的时候保持清醒。"

我赶回旅社,匆忙冲澡刮胡子,穿了件运动夹克,还打了领带。我按薇拉的门铃时是十点四十分。

她也换过了衣服。她穿了一件淡蓝色丝衬衫和一条白色牛仔裤。她的头发编成辫子,盘在头顶上像个皇冠。看起来时髦又高雅,我这么告诉她。

"你自己看起来也很不错,"她说,"很高兴你来了,我一直在胡思乱想。"

"我来得太晚吗?真抱歉。"

"只晚了不到十分钟,我是从四十五分钟前开始胡思乱想的,所以不关你的事。我只是认定你人太好不愿意说实话,而我将不会再看到你。很高兴我想错了。"

出了门,我问她有没有特别想去什么地方。"因为这儿离一家我一直想去试试看的餐厅不远,那里有一种法国小餐馆的气氛,不过就法国菜来说,他们的价钱跟一般酒吧差不多。"

"听起来不错。店名叫什么?"

"巴黎绿。"

"在第九大道,我以前几次经过那儿,不过从来没进去过,我喜欢店名。"

"有种异国情调,法国气氛,很多植物从天花板上垂下来。"

"你不知道巴黎绿是什么吗?"

"不知道。"

"是一种毒药,"她说,"一种砷的化合物,如果我记得没错的话,应该是砷和铜,所以才会变成绿色。"

"没听说过。"

"园丁都知道,这东西常用来当杀虫剂,可以喷在植物上,防止虫害。昆虫吃了植物就会死掉。不过现在大家都不太用砷化合物,所以我想这几年很少见了。"

"活到老学到老。"

"还没讲完呢,巴黎绿也用来当染色剂。从字面就可以看出来,它能把东西染绿,主要是用在壁纸上,过去几年有好多人因此送命,大部分是小孩,他们有那种口腔实验倾向,什么东西都往嘴里塞。答应我,不要把绿色的壁纸碎片放进嘴里。"

"我答应你。"

"很好。"

"我会找其他方法来满足我的口腔实验。"

"我相信你会的。"

"你怎么会知道有关巴黎绿的这些事情?"

"组织里,"她说,"我们尽可能学习各种毒物的知识。我的意思是,你不会知道什么时候某个人会决定,在明尼苏达某个市区自来水系统下毒是一种正确的策略。"

"老天。"

"哦,其实我们从来没做过这类事,"她说,"至少我没做过,而且我也没听说谁做过。可是你得做好准备。"

我们进门时,那个高个子的大胡子酒保站在吧台后头,他对我微笑招招手,女招待引我们入座。坐下后,薇拉说:"你不喝酒,也从没在这儿吃过饭,可是你走进来时,酒保却像老朋友似的跟你打招呼。"

"没什么好奇怪的。我曾来这里找人问些问题,我跟你讲过我正在找一个年轻女孩。"

"那个女演员,你还告诉过我名字,叫保拉?"

"那酒保认得她,所以我后来又来过,希望他能记起更多事情。他人不错,很有趣。"

"你稍早就是在忙这些事情吗?办你的案子?你管这叫案子吗?"

"我想你可以这么称呼它。"

"可是你不这么说。"

"我不知道自己怎么称呼。一件工作吧,一件我做得并不特别好的工作。"

"今天晚上有进展吗?"

"没有,我晚上没在工作。"

"哦。"

"我去参加聚会。"

"聚会?"

"一个匿名戒酒的聚会。"

"哦。"她说,接着她想继续说些别的,可是女招待正巧过来帮我们点饮料。我说我要一瓶巴黎水,薇拉想了一下,点了可乐加柠檬片。

"你可以喝口味重一点的东西。"我说。

"我知道,我今天已经喝太多了,醒来时有点头痛。你早先没说要去参加戒酒聚会。"

"我很少告诉别人。"

"为什么?不要把这当成丢脸的事情。"

"我倒不会。不过匿名好像就是整个戒酒过程的一种附属品。破坏别人的匿名,告诉大家这个人有问题所以去参加匿名戒酒会,这样很不好。至于破坏自己的匿名,那倒是比较个人的事情。我想可以这么说:我的原则是,该知道的人我就会告诉他们。"

"我算是应该知道的人啰?"

"嗯,我不会把这件事对一个跟我谈感情的人保密的,那太蠢了。"

"没错。我们是吗?"

"我们是什么?"

"谈感情。"

"我想是在边缘吧。"

"边缘,"她说,"我喜欢。"

对于一个以致命毒物为店名的地方来说,这儿的菜非常好。我们点了挪威干酪汉堡、薯条,还有沙拉。

汉堡应该是在木条上烤的，不过我吃起来觉得跟炭烤的没两样。薯条是手切的，炸得又脆又黄。沙拉里面有葵瓜子、嫩豆苗、绿色花菜，以及两种莴苣，两种都很新鲜，不是冷冻过的。

吃饭时我们谈了很多。她喜欢美式橄榄球，而且喜欢大学比赛胜于职业赛；喜欢棒球，不过今年的比赛看得不多；喜欢乡村音乐，尤其是那些有弦乐伴奏的古老乡村音乐；一度迷上科幻小说，看了一大堆，不过现在大半都看英国的谋杀推理小说，就是乡下别墅里的书房有具尸体，凶手不知是不是管家那种。"我其实根本不在乎凶手是谁，"她说，"我只是喜欢进入那样一个世界，每个人都很有礼貌，讲话很有修养，即使暴力都那么整洁，近乎文雅。而且到最后每件事情都会水落石出。"

"就像生活本身。"

"尤其是五十一街的生活。"

我谈了些寻找保拉·赫尔德特克的事情，还有我的一般工作。我说我的工作不太像她读的典型英国推理小说。人们不是那么有礼，而且并不是每件事情最终都会有解答。有时到最后都不是很清楚。

"我喜欢这个工作，是因为某些技巧已经很熟练了，不过我可能还是没办法告诉你到底是怎么回事。我喜欢挖掘、收集情报，直到在一团乱中理出某些模式。"

"你是错误中做对事情的人,一个屠龙者。"

"大部分的错误从来不会变对。而且想跟龙靠近,近到能杀掉它们是很困难的。"

"因为它们会喷火?"

"因为它们住在城堡里,"我说,"外头有护城河环绕,而且吊桥收起来了。"

喝过咖啡后,她问我是不是在匿名戒酒会认识埃迪·邓菲的,然后她用手掩住嘴巴。"算了,"她说,"你已经告诉过我,破坏别的会员的那个什么鬼是违反规则的。"

"匿名。不过现在无所谓了,死掉就表示没有匿名这回事了。埃迪在大约一年前开始参加聚会,他过去七个月完全没碰过酒。"

"你呢?"

"三年两个月又十一天。"

"你每天都数着日子?"

"不,当然不是。不过我知道我戒酒的三周年纪念日是哪一天,要算其他的就简单了。"

"你们会在戒酒周年庆祝一下?"

"大部分人当天或那几天会在聚会上发言。某些团体还会给你一个蛋糕。"

"蛋糕?"

"就像生日蛋糕,他们会送给你,聚会后大家一起分享,除了正在减肥的人。"

"听起来像——"

"米老鼠。"

"那不是我要说的。"

"你可以这么说,事实如此。某些团体还会给你一面小铜牌,一面用罗马数字刻着你戒酒的年数,另一面是平静祷告词。"

"平静祷告词?"

"'上帝赐我平静,接受我不能改变的事情,鼓励我去改变能改变的事情,以及分辨这两者的智慧。'"

"噢,我听过这些话。我不知道那是匿名戒酒会的祷告词。"

"我想这个祷告词不是我们的专利。"

"那你得到什么?蛋糕还是铜牌?"

"都没有。只不过得到一轮掌声,还有很多人叫我记住,一次只要戒一天就好。我想这就是为什么我会待在这个团体,没有什么虚伪,没有那些多余的花招。"

"因为你就是一个不玩多余花招的人。"

"没错。"

账单送来时,她要求各付各的,我说我来付,她没有跟我抢。餐馆外头变得有点冷,她过马路时牵起我的手,然后就没松开。

到了她住的公寓后,她问我要不要进去坐一下,我说我想直接回家,第二天我打算早起。

她站在门廊把钥匙插进锁孔,然后转身对着我。我们吻别,这回她的气息里没有酒味了。

我一路吹着口哨走路回家。我以前很少这样。

沿路每个跟我要钱的人,我都给他们一张一元钞票。

第二天早上起床,我嘴里有股酸味。我刷了牙出门吃早餐,我得逼自己吃点东西,咖啡里有金属味。

或许是砷毒吧,我心想。或许昨天晚上的沙拉里头有绿色壁纸的碎片。

我的第二杯咖啡味道尝起来不比第一杯好,不过我还是喝了,边喝边看报纸。大都会队昨天赢球,一个刚从二队升上来的新人小子击出四支安打。扬基队也赢了,克劳德尔·华盛顿在第九局击出全垒打。至于美式橄榄球,巨人队在这场比赛中失去了他们最好的中后卫,他的尿液中测出违禁药物,被禁赛三十天。

哈勒姆区发生了一桩路过车辆朝着街角开枪的事件,报纸依照过去的事例判断是毒贩干的。两个流浪汉在东城IRT路线的地铁月台打架,车子即将进站时,一个把另外一个推下车轨,结果可想而知。在布鲁克林区,一个住布赖顿海滩的人由于谋杀他的前妻和她前一次婚姻的三个小孩而遭到逮捕。

没有任何埃迪·邓菲的消息,照理讲也不会有的,除非当日新闻太清淡。

8

早餐后我出去散步，以驱走倦怠感和睡意。天空阴云密布，气象预测说下雨的概率是百分之四十，不知道这是什么意思。"如果下雨的话别怪我们，"好像是在说，"没下雨的话也别怪我们。"

我没太注意自己在往哪里走，最后来到中央公园。我看到一个空板凳就坐了下来。对面右边坐着一个穿着廉价外套的女人，正从一个袋子里掏面包屑出来喂鸽子，她身上和周围地上都停满了鸽子，一定有两百只。

据说鸽子是愈喂愈饿，不过我也能叫她不要喂。只要我还继续给路上要钱的人钞票，我就不该去说别人。

她终于把面包屑喂完，鸽子飞走了，她也走了。我还留在那儿，想着埃迪·邓菲和保拉·赫尔德特克。然后我想到薇拉·罗西特，明白为什么我醒来后感觉这么糟了。

我没有顾得上对埃迪的死做出反应，而是跟薇拉在一起。当我应该对他的死感到悲伤之时，却因薇拉和我之间滋生的一切而感到兴奋和刺激。另外一方面，我对保拉的事情也是如此，只是没那么戏剧化，我已经得到一些关于她电话的互相矛盾的资料，然后我什么也没做，只为了一场浪漫的邂逅。

这也没什么错，不过埃迪和保拉都已经被收进标示着"未完成事件"的档案里。如果我不去查明，那么我嘴巴里就还会继续有酸味,我喝的咖啡也还会有金属味。

我站起来离开那儿,到了哥伦布圆环那边的出口时,一个穿着斜纹布衣服的大眼睛男人跟我要钱,我拒绝了他,继续往前走。

她在七月六日付了房租,到了十三日应该再付,可是她没有出现。到了十五日,弗洛伦斯·艾德琳去敲门收房租,她没有应门。十六日弗洛伦斯开门进去,房间是空的,除了寝具之外东西都带走了。十七日她父母打电话来,在答录机里面留了话,同一天乔治娅租下了那个刚空出来的房间,第二天就搬进去住了。两天之后,保拉打电话给电话公司,要他们停机。

昨天曾跟我谈过的那个电话公司女职员是卡迪欧太太,之前我们合作得还挺愉快的,这回去找她,她立刻记起我来。"我实在不愿意一直麻烦你,"我说,"不过我从不同的来源得到了一些不一致的资料。我知道她是七月二十日打电话来办理的,不过我想查出,她是从哪里打电话过来的。"

"恐怕我们没有留下记录,"她说,迟疑了一下,"其实我们一开始就不知道,事实上——"

"怎么样?"

"坦白说,我的记录并没有显示她是打电话还是写信来要求停机的。这种事几乎每个人都是打电话来，不过她也可能是用写信的方式。某些人会这样，尤其是他们想结清账户的时候。不过当时我们没有收到她的付款。"

我从没想到她可能是通过写信要求停机的,一时之间一切似乎很清楚了。她可能早在二十日之前就写了信,根据目前的邮务状况,信可能要寄很久才会到。

不过这无法解释她父母在十七日还打电话给她。

我说:"她从家里打出去的所有电话号码会不会有记录?"

"有,可是——"

"可不可以告诉我她最后一通打出去的电话是在哪一天、什么时间?这样会很有帮助。"

"对不起,"她说,"我真的没办法。我自己不能去调这些资料,而且这样做是违反规定的。"

"我想我应该可以拿到法院命令,"我说,"不过我不想让我的客户惹这些麻烦,花这些费用,而且这是浪费每个人的时间。如果你可以用自己的方式设法帮我,我保证不会说出去的。"

"真的很抱歉,如果可以的话,我可以犯点小规,可是我没有密码。如果你真的需要她市内电话的记录,恐怕得拿到法院命令才能查。"

我差点漏掉了,她讲到一半我才想起来。我说:"市内电话,如果她打长途电话——"

"她的账单上会有记录。"

"你查得到吗?"

"我不该查的。"我什么都没说,等了一下,然后她说:"好吧,找到记录了,我看看能查到什么。七月份一直都没有长途电话记录——"

"至少试过了。"

"我还没讲完。"

"对不起。"

"七月一直没有长途电话,直到十八日才有。十八日有两通,十九日有一通。"

"二十日没有吗?"

"没有,只有这三通。你想知道她这三通电话的号码吗?"

"想,"我说,"非常想。"

有两个号码,有一个号码两天各打过一次,另外一个只在十九日打过。区域号码都一样,904。我查了电话簿,发现不是印第安纳州,而是在北佛罗里达。

我找了家银行换了十元的两毛五硬币,到公用电话拨了那个她打过两次的号码。一个录音告诉我要再投多少钱,我照办了。电话响了四声后,一个女人来接,我告诉她我叫斯卡德,我想跟保拉·赫尔德特克联络。

"你大概是打错了。"她说。

"不要挂断,我是从纽约打来的。我相信有个叫保拉·赫尔德特克的女人曾在上上个月打过两次这个号码，我想知道她之后的行踪。"

她沉默了一下，然后说："呃，我不太清楚这是怎么回事，这里是私人住家，而且我没听过你讲的名字。"

"这里是904-555-1904吗？"

"不是，这里的电话是——等一下，你刚刚说的是多少？"

我又重复念了一次。

"那是我先生的店，"她说，"那是普莱萨基五金行的电话。"

"对不起。"我说。我刚刚看错了笔记本上的号码，误念成她只打过一次的那个。"你的电话应该是828-9177。"

"你怎么拿到另一个电话号码的？"

"她两个号码都打过。"

"真的吗，你刚刚说她叫什么名字？"

"保拉·赫尔德特克。"

"她打过这个电话和店里的电话？"

"我大概记错了。"我说。挂断电话时，她还在继续追问。

我往五十四街的套房公寓走，半路碰到一个穿牛仔裤满脸胡茬的年轻人跟我讨零钱，他看起来一副消耗过度的惨相，某些嗑药的人看起来就是这样。我把我剩下的两毛五都给了他。"嘿，谢了！"他在我身后喊着，"你真棒，老兄。"

弗洛伦斯来应门时，我跟她道歉说又来麻烦她了，她说不麻烦。我问她乔治娅·普赖斯在不在。

"我不知道，"她说，"你还没跟她谈过吗？不过我不知道她能帮得上什么忙，要不是保拉搬走，我也不可能把房间租给她，所以她怎么会认得她呢？"

"我跟她讲过话，想再跟她谈一谈。"

她朝楼梯摆摆手。我爬了一层楼梯，停在以前保拉住过的房间前面。

里头有音乐的声音传出，带着强烈的节奏。我敲门，不过我不确定她在音乐声中能听到，她开门的时候，我正打算再敲一次。

乔治娅·普赖斯穿着一件舞者的紧身衣，前额汗水湿亮。我猜她刚刚在跳舞，练习舞步之类的。她看着我，让我进去的时候眼睛睁得很大。她不情愿地往后退，我跟着走进她房间。她说着些什么，然后停下来，关掉音乐。她转过身来面对我，看起来很害怕很罪恶的样子，我想她没理由有这两种感觉，不过我决定施加压力。

我说："你是从佛罗里达的首府塔拉哈西市来的，对不对？"

"就在城外。"

"普赖斯是艺名,你原来姓普莱萨基。"

"你怎么——"

"你搬进来的时候这里有部电话,当时还没停机。"

"我不知道我不能使用。我以为电话是跟着房间一起出租的,就像旅馆里一样。那时候我没搞清楚状况。"

"所以你就打回家,还打到你父亲的店里去找他。"

她点点头。她看起来非常年轻,而且非常害怕。"我会付那些电话费的,"她说,"我不知道,我以为会收到账单什么的。当时我找不到人马上来装机,他们要到星期一才能来,所以我就等到星期一才把原来的电话停掉。装机的人只是来接上原来的电话,可是他们换了号码,这样我才不会接到任何找她的电话。我发誓我不是故意做错事的。"

"你没做错任何事。"我说。

"我很乐意付那些电话费。"

"别担心那些电话。要求停机的人就是你?"

"是,我做错了吗?我是说,既然她已经不住在这儿了,所以——"

"你这么做是对的,"我告诉她,"我不在乎你打过几通免费电话,我只是想找寻一个失踪的女孩。"

"我知道,可是——"

"所以你不必怕什么,你不会惹上麻烦的。"

"我倒不是真的以为会惹上麻烦,可是——"

"电话上有没有连着一个答录机，乔治娅？电话答录机？"

她的眼睛不由自主地扫向床头桌，上头的电话旁边有个答录机。

"你来之前我就应该把它还回去的，"她说，"可是我忘了。你上次只是匆匆问我几个问题，问我房间里有没有发现什么东西、我认不认识保拉、她搬走后有没有人来找过她，你走后我才想起答录机的事情。我不是故意留着不还的，只是不留着又能怎样，它本来就在这儿。"

"没关系。"

"所以我就拿来用了。我本来打算去买的，结果这里已经有了一个。我只是想先用着，等有钱再自己买一个。我想要那种可以从外头打回来听留话的，这个答录机没有那种功能，可是暂时用着也还可以。你想带走吗？拆下来很快的。"

"我不想要那个答录机，"我说，"我不是来这里拿答录机，也不是来跟你收塔拉哈西的长途电话费的。"

"对不起。"

"我只是想问你几个有关电话和答录机的问题，就这样。"

"好。"

"你是十八日搬进来，电话则是二十日才停机。

这段时间有没有人打电话来找保拉?"

"没有。"

"电话没响过吗?"

"响了一两次,不过是找我的。我之前打过电话给我一个朋友,告诉他们这里的电话,然后她周末打过一两次电话给我。那是市区电话,所以也没花到什么钱,顶多两毛五。"

"就算你打到阿拉斯加我也不在乎,"我告诉她,"你放心好了,你打的电话没花到任何人的钱。保拉的押金超过她最后一笔费用,所以电话费会从应该退给她的款项中扣掉,可是反正她也不在,不会去领退款了。"

"我知道我这样很蠢。"她说。

"没关系。唯一打进来的几通电话都是找你的,那你出去的时候呢?她的答录机里面有留话吗?"

"我搬进来之后就没有了。我知道是因为最后一通留话是她妈妈打来的,说他们要出城什么的,那通留话在我搬进来之前一定有一两天了。我一知道那是她的电话,没有跟着房间一起出租,就把答录机拆下来。之后大概一个星期后,我想她不会回来拿了,那我应该可以用,因为我需要一个答录机。我把答录机接上重新设定之前,听过一次里面的留言。"

"除了她父母之外,还有别人的留话吗?"

"有几通。"

"还留着吗？"

"洗掉了。"

"你还记得那些留言的内容吗？"

"天哪，不记得了。有几通根本就直接挂掉。我把留言播放一遍，只是为了想弄清楚该怎么洗掉旧的。"

"那保拉原来录的话呢，就是说现在没人在家，请对方留话的那个？答录机里面应该有保拉这段话。"

"有。"

"你洗掉了吗？"

"录新的留话时，旧的就会自动洗掉。我使用这个机器时，为了要改成我自己的声音，就重新录过了，"她咬着嘴唇，"这样错了吗？"

"没有。"

"那段留话很重要吗？它听起来很平常，'你好，我是保拉，现在我没办法接听电话，不过你可以在讯号声之后留言。'差不多是这类的，我不是每个字都记得。"

"那不重要。"我说。的确不重要，我只是希望有机会听听她的声音。

"想不到你还在追查这个案子,"德金说,"你做了些什么?打电话去印第安纳州,再去多摇几下那棵摇钱树?"

"没有。说不定我应该这么做。我花了一大堆时间,可是没得到太多结果。我想她的失踪是一桩犯罪事件。"

"是什么让你这么想的?"

"她一直没正式搬出去。某天她付了房租,但十天后女管理员开门进去,房间是空的。"

"这也没什么稀罕的。"

"我知道。那个房间是空的,除了三样东西。去收拾的人不管是谁,都留下了电话、答录机,还有寝具。"

"这告诉了你什么?"

"另有其人替保拉去收拾东西带走。很多出租公寓会提供寝具,这个地方却没有。保拉·赫尔德特克是用自己的寝具,所以她离开时会知道要一起带走。可是要是换了不了解情况的人,可能就会以为应该把寝具留在房间里。"

"你就查出了这个?"

"不。答录机也留下了,而且还开着继续接电话,叫打来的人留言。如果她是自己离开的话,她会打电话去电话公司申请停机才对。"

"要是她走得匆忙的话就不会了。"

"那她离开了也还是可以从别的地方打电话回来啊。不过就算她没有打电话好了，假设她忘光了，为什么又要留下答录机？"

"一样的道理，她忘了。"

"房间收空了，抽屉里没有衣服，柜子里也没有东西。房间并没有乱到让人容易漏拿东西。屋子里只剩下寝具、电话、答录机，她不可能没注意到这些东西的。"

"她当然可能没注意。很多人搬家时会留下电话，我想除非那是自己买的，否则你就会留下来。反正，很多人都不会把电话机带走。另外她也留下了答录机，那个答录机——放在哪儿，就在电话旁边，对不对？"

"对。"

"所以她四处看看，没看到什么散落的东西。答录机，家电用品，让你跟朋友们保持联络，使你不必担心没接到电话，嘀嗒嘀嗒嘀嗒，她把它看成电话的一部分了。"

"那她发现忘了带的时候，为什么没有回去拿？"

"因为她已经在格陵兰了，"他说，"买个新的比搭飞机跑回来要省钱。"

"我不知道，乔。"

"我也不知道,可是我告诉你,这比看到一个电话和答录机及两张床单和一条毯子,就想借此编出一宗绑架案要有道理。"

"不要忘了还有床罩。"

"是啊,没错。或许她搬到一个用不着床罩的地方了,那是什么尺寸的,单人床吗?"

"比较大,介于单人床和双人床之间,我想一般称之为四分之三。"

"所以她跟着一个拥有超大双人水床和十二英寸老二的帅哥骗子跑了,谁还需要那些旧床单和枕头套?照这样讲,如果她今后可以整天翘脚躺着的话,还要那个电话机干吗?"

"我想是有人去帮她把东西搬走的,"我说,"我想是有人拿了她的钥匙,收拾了她的东西溜出那栋公寓。我想——"

"有人曾看到陌生人提着行李箱,从那栋公寓离开吗?"

"他们彼此都见不着面,谁还会注意到陌生人?"

"那阵子有人看到过任何人拖着袋子吗?"

"你也知道,事情发生太久了。我问过跟她住同一层楼的房客,可是你怎么想得起两个月前发生的芝麻小事?"

"这就是重点,马修。就算有线索,现在也消失得无影无踪了。"他拿起一个塑料玻璃的相框,用手把相框转过来看着里面的两个小孩和一只狗，三者都朝着镜头微笑。"我们继续你的理论，"他说，"有人搬走了她的东西。他留下寝具是因为他不知道寝具是她的。那他为什么也把答录机留下？"

"这样打电话来的人就不会知道她已经走了。"

"那为什么他不干脆什么都不要搬，这样连女管理员都不会知道她已经走了。"

"因为这样管理员会知道她没有回来，然后可能就会去报警。清理房间会消灭掉可能的线索，留下答录机是为了多争取一点时间，制造假象，让某些外地的人以为她还在那儿，而且也无法得知她搬走的确切时间。她是在六日付房租，十天后她的房间才被发现已经搬空；所以我顶多只能把她失踪的时间缩小到这十天之内的范围内，就是因为答录机还留在那儿。"

"怎么说？"

"她父母打过两次电话，而且都留了话。如果答录机没开，他们就会一直打电话，直到联络到她为止。无论他们是什么时候打电话，要是联络不到她，他们就会警觉，想到她可能出了什么事。那么她父亲可能两个月前就会来找你了。"

"嗯，我懂你的意思。"

"要是当时就找你，线索就不会全没了。"

"我还是不确定警方该管这件事。"

"或许是，或许不是。但如果他早在七月中就请个私家侦探——"

"不用说,你办起来就会轻松多了,"他想了一会儿,"说不定她留下答录机不是因为忘记,而是有原因的。"

"什么原因?"

"她搬出去了,可是她不希望某人知道她已经走了,比方说她的父母,或者是某个她想躲的人。"

"她可以保留那个房间,继续付房租,换个地方住就是了。"

"好吧,说不定她想搬出城,可是还希望能听到电话留言,她可以——"

"她没办法从外头打回去听留话。"

"她当然有办法。不是有个玩意儿,只要找个按键电话打回去,按了密码,就可以听答录机里头的留言。"

"不是所有答录机都有这个功能,她的就没有。"

"你怎么知道?哦,对了,你看过那个答录机了,还放在她房里嘛。"他伸伸手指头。"好吧,我们一直假设来假设去,到底重点是什么?你当过很久的警察,站在我的立场想想看。"

"我只是想——"

"站在我他妈的立场想想看,可以吗?你就坐在这张桌子后面,有个家伙带着寝具和电话答录机的故事跑来找你。没有证据显示有罪案发生,失踪的人是个心智健全的成人,已经有两个月都没人见过她了。那现在我应该怎么做?"

我没吭声。

"你会怎么做?站在我的立场想想看。"

"尽你的责任。"

"废话。"

"如果是市长的女儿呢?"

"市长没有女儿。市长的老二这辈子都没有勃起过,哪来的女儿?"他把椅子往后推,"如果是市长的女儿,那当然另当别论。我们会派一百个人成立专案小组,限时破案。但这不是必要的程序,反正靠你这么一点点线索是不可能的。好吧,最大的恐惧是什么?不会是她跑去迪士尼乐园卡在摩天轮的最顶端下不来。你和她父母真正恐惧的是什么?"

"怕她死了。"

"或许她已经死了。这个城市随时有人死掉。如果她还活着的话,早晚会打电话回家,等她钱用光了,或者恢复记忆了,随便你怎么说。如果她已经死了,你、我或任何人也没办法帮她什么忙。"

"我想你是对的。"

"我当然是对的。你的问题就出在你像条追着骨头不放的狗。打电话给她父亲,告诉他查不出什么,他应该在两个月前就来找你的。"

"是啊,增加他的罪恶感。"

"好吧,你可以讲得婉转一点。老天,你已经比大部分人都付出了更多时间,也查到这个地步了。你甚至还发现一些不错的线索,电话单什么的,还有答录机。问题是这些线索都没有进一步的联系。你把线拉出来看,结果都是断掉的。"

"我知道。"

"所以就这么办吧,你不会想再多花时间的,到头来又拿不到钱。"

我刚要开口,他的电话响了起来。他讲了一会儿,挂断电话后,他对我说:"在可卡因出现之前,我们有什么案子可办?"

"有了可卡因,才找我们来当警察的啊。"

"是吗?想必如此。"

我逛了几个小时,大约一点半开始下起小雨。卖雨伞的小贩几乎立刻就出现在每个街角。这让你觉得他们之前就以种子的形式存在,一滴水就可以奇迹般地让他们冒出生命来。

我没买伞。雨还没大到要花钱买伞。我走进一家书店,什么都没买,消磨了一些时间,出来的时候,雨还是不比雾大多少。

我回到旅社,询问前台,没有留话,唯一的信是封信用卡广告函。"你已经被批准了!"上头的广告词很醒目,可是我就是很怀疑。

我上楼打电话给沃伦·赫尔德特克。我手上拿着笔记本，迅速地简单说了一下我调查了哪些方向，而目前得到的消息又少得无法判断任何事情。"我花了很多时间，"我说，"不过我不认为我比当初刚开始时更清楚她的动向。我不认为自己得到了什么成果。"

"你还需要钱吗？"

"不，我是不知道该怎么去赚这笔钱。"

"你想她会出了什么事？我知道你没有任何具体证据，可是你没感觉到发生了什么事情吗？"

"只有一个模糊的感觉，我也不知道这有什么价值。我想她和某个人扯上关系，这个人一开始可能让人觉得很刺激，但到头来会有危险。"

"你是不是觉得——"

他不想说出来，不能怪他。"她也许还活着，"我说，"或许她出国了，或许介入了某些非法的事情。这可以解释为什么她无法跟你们联络。"

"很难想象保拉会跟罪犯交往。"

"或许她只觉得这是个冒险奇遇。"

"我想这是可能的，"他叹了口气，"你没给我们太多希望。"

"是没有，但我也不认为事情到了绝望的地步。恐怕你唯一能做的就是等待。"

"我一开始就在等。太……太难了。"

"我相信很难。"

"好吧,"他说,"我要谢谢你的努力,还有你的坦白。如果你觉得有任何线索值得再多花一点时间,我会很乐意再多寄一点钱给你。"

"不用了,"我说,"无论如何,我或许会再花几天查查看,以防万一漏掉了什么。如果我查到什么,我会通知你的。"

"我不想再拿他的钱,"我告诉薇拉,"一开始的一千元,已经让我背上超过我所愿意负的责任。如果我再接受他的钱,我下半辈子就得被他女儿的事情勒着脖子了。"

"可是你做的工作超过他所付的钱,为什么不接受报酬?"

"我已经拿到报酬了,可是我回报了他什么?"

"你做了工作(work)。"

"是吗?高中物理教过我们如何衡量'功'(work),公式是力量乘以距离,比如一个东西重二十磅,搬了六英尺,你就做了一百二十英尺磅的功。"

"英尺磅?"

"那是一个衡量的单位。可是如果你站着推一面墙,推了一整天却无法移动它,你就没有做任何'功',因为你把墙移动的距离是零。沃伦·赫尔德特克付了我一千元,而我唯一做的就是去推墙壁。"

"你移动了一点点。"

"可是微不足道。"

"哦,我不知道,"她说,"爱迪生制造他的电灯泡时,有人看他没有任何进展,就认为他一定会失败。爱迪生说他已经大有进展,因为现在他知道有两万种物质不能用来做灯丝。"

"爱迪生的态度比我好。"

"做出来的东西也比你好,否则我们就都得生活在黑暗中了。"

我们身处黑暗中,好像也没什么不好。我们待在她的卧室,躺在床上伸长了四肢,厨房里播放着乡村音乐女歌手里芭·麦金太尔的磁带。透过卧室的窗子,可以听到后头那栋建筑传来的吵架声,用西班牙语很大声地吵着。

我本来没打算来找她。打完给赫尔德特克先生的电话后我出来散步,经过了一家花店,一时兴起想送花给她,等花店老板写好送货单之后,我才知道他们要到第二天才能送,所以我就自己送来了。

她把花插进水瓶,我们坐在厨房里,中间隔着摆了花的餐桌。她冲了咖啡,速溶的,不过装咖啡的罐子是新的,上头有个醒目的商标,而且也不是无咖啡因的。

然后,我们两人很有默契地转身进了卧房。进卧房的时候,里芭·麦金太尔还在不停唱着,可是那些歌我们已经听过好几次。录音机会自动换面,如果不去管的话，它就一遍又一遍重复播放。

过了一会儿，她说："你饿了吗？我可以煮点东西。"

"你喜欢的话就做。"

"可以告诉你一个秘密吗？我从来没喜欢过做菜。我做得不好，而且你也看过厨房了。"

"我们可以出去吃。"

"雨下得很大，你没听到雨打在通风板上面的声音吗？"

"稍早雨下得很小。我的爱尔兰姑妈总说，这样的天气很温柔。"

"雨变大了，听声音就知道。要不要叫外卖的中国菜？他们不在乎天气怎么样，必要的时候，他们会跳上神风特攻队自行车，闯过冰雹。'无论下雨飘雪，也无论是大太阳或昏暗的夜晚，你都可以享用蘑菇鸡片。'只不过我不要吃蘑菇鸡片，我要——你想知道我要什么吗？"

"想——"

"我想要麻酱面和猪肉炒饭，还有腰果鸡丁和四味虾仁。怎么样？"

"好像够一个军队吃的了。"

"我打赌你可以全部吃掉。糟糕。"

"怎么了？"

"你还有时间吗？现在七点四十分了，等到他们送来的时候,你就该去参加聚会了。"

"我今天不去没关系。"

"你确定?"

"对。不过我有个问题,什么是四味虾仁?"

"你没听过四味虾仁?"

"没有。"

"噢,可怜,"她说,"那我就非请你不可了。"

我们在厨房的锡面餐桌上吃饭,我想把花挪开,让出一点空间,可是她不准。"我要它们放在我可以看到的地方,"她说,"现在空间已经足够了。"

早上她出去买过东西。除了咖啡之外,她还买了果汁和汽水。我喝可乐,她拿了瓶贝克啤酒出来给自己,可是开瓶之前,她先问我会不会觉得困扰。

"当然不会。"我说。

"因为再没有比啤酒更配中国菜的了。马修,我这么说没关系吗?"

"什么?啤酒跟中国菜很配?噢,这有待商榷,我想有些葡萄酒商会不赞同。不过又怎样?"

"我不确定。"

"打开你的啤酒吧,"我说,"坐下来吃饭。"

每样菜都很好吃,虾仁果然就像她保证的那么棒。她用随着食物附送的一次性筷子吃,我一直不会用,便还是用叉子。我告诉她,她筷子用得很好。

"很容易的,"她说,"只是需要练习,来,试试看。"

我试了,可是手指不灵光,筷子老是交叉,我没办法把食物送进嘴里。"这可以让节食的人使用,"我说,"它让你觉得使用这种工具吃饭的人,一定发明了叉子。他们还会发明其他东西,意大利面、冰淇淋,还有火药。"

"还有棒球。"

"我还以为是俄罗斯人发明的。"

就像她预言的,我们吃得精光。她清理桌子,打开第二瓶贝克啤酒。"我得习惯新的规则,"她说,"在你面前喝酒让我觉得有点滑稽。"

"我会让你不自在吗?"

"不会,可是我怕是我会让你不自在。我不知道谈论啤酒配中国菜有多棒是否妥当,哦,我不知道。这样谈喝酒没关系吗?"

"你以为我们在聚会都在干什么?全都在谈喝酒。有些人谈酒的时间,比我们以前花在喝酒的时间还要多。"

"可是你们不会告诉自己那有多可怕吗?"

"有时候会。有时候我们也会告诉彼此以前喝酒有多棒。"

"真想不到。"

"这很平常,而且大家还会当成笑话讲,他们会谈论发生在自己身上最倒霉的事情,大家听了就大笑。"

"真没想到他们会谈这个,还拿来开玩笑了。我猜这就像是对着一屋子等着被吊死的人提起绳索吧。"

"如果真是一屋子等着被吊死的人,"我说,"这说不定就是他们谈话的主题吧。"

稍后她说:"我一直想把那束花拿进来。真是疯了,这儿根本没地方摆,最好还是留在厨房。"

"反正明天早上还会在那儿。"

"我真像个小孩,对不对?我可以跟你说一件事情吗?"

"当然可以。"

"老天,不知道该不该告诉你。好吧,这样我就非说不可了,对不对?从来没有人送过花给我。"

"真是难以相信。"

"怎么会难以相信?我花了二十年,把自己的心和灵魂奉献给了政治革命。激进的革命分子不会送花给彼此的。我的意思是,我们会谈到你们这些多愁善感的中产阶级,你们这些堕落的后资本主义者。毛泽东说过百花齐放,但那不表示你就应该摘一把花,带回家给你的甜心,你甚至连甜心都不该有。如果这段感情不能为组织服务,那你就不该去经营。"

"可是你好几年前就脱离那个组织,跑去结婚了。"

"嫁给一个老嬉皮士。长头发,衣服上镶着麂皮流苏,还有珠子。他墙上应该挂个一九六七年的日历。他被困在六十年代了,从来不晓得那个时代已经终结了。"她摇摇头。"他从不带花回家。会带花尖,但不会带花。"

"花尖?"

"整株大麻药性最强的部分。如果你想知道的话,正式的名字应该是印度大麻。你抽大麻吗?"

"不。"

"我好几年没抽了,因为我怕那会导致我又回头去抽烟。好笑吧?一般都是恐吓说抽大麻会导致你去吸海洛因,我怕的却是会导致我去抽香烟。不过我从来就不那么喜欢大麻,我从来就不喜欢失控的感觉。"

早晨时,花还在那儿。

我原来没打算留在那儿过夜的,可是一开始我本来也就没打算去找她。时间就这么从我们之间流逝,我们谈谈话,或者分享宁静,听听音乐,听听雨。

我先醒了。我做了个喝醉的梦,这没什么好稀奇,只不过我已经好一阵子没做这样的梦了。细节在眼睛张开的那一刻便已忘光,可是记得梦里有人给我一瓶啤酒,我想都没想拿来就喝,等到想起自己不能喝酒时,人已经醉了一半了。

我醒来时不确定那只是个梦,也不完全确定自己身在何处。时间是清晨六点,虽然还可以倒头回去睡,可是我不想,因为怕又回到那个梦境里。我起床穿衣服,没冲澡,免得吵醒她。正在绑鞋带时,我觉得有人在看我,转头看到她正盯着我。

"还早,"我说,"再睡一下,我晚点再打电话给你。"

我回到旅社,前台那边有个我的留言。吉姆·费伯打过电话来,不过现在回电太早了。我上楼冲澡刮胡子,然后在床上躺了一分钟,竟打起瞌睡来。我根本不累,却睡了三个小时,才头昏脑涨地醒来。

我又冲了个澡让自己清醒点,然后打电话到吉姆的店里找他。

"我昨天晚上没看到你,"他说,"只是想知道你怎么了。"

"我很好。"

"那就好。你错过了一个很棒的聚会。"

"哦?"

"有个从中城的团体来的家伙,演讲时讲了些很好笑的事情。他曾有一阵子一直尝试要自杀,但就是不成功。他完全不会游泳,于是就租了个平底划艇,划了好几英里。最后,他站起来,说:'再见,残酷世界。'然后从船边跳下去。"

"然后呢?"

"结果他停船的地方正好是一个沙洲,底下的水只有两英尺深。"

"有时候你就是怎么样都做不成一件事。"

"是啊,每个人都会碰上这样一段日子。"

"我昨天晚上梦到喝醉酒。"我说。

"哦?"

"我喝了半瓶啤酒,才明白自己在做什么。明白过来后,我觉得很可怕,然后把剩下半瓶也喝掉了。"

"在哪里?"

"细节我不记得了。"

"不,我是问你在哪儿过夜的?"

"你这混账鼻子真灵。我待在薇拉家。"

"她的名字叫薇拉?那个管理员?"

"没错。"

"她喝了酒吗?"

"没影响。"

"对谁没影响?"

"老天,"我说,"我跟她待在一起八小时,还不算睡觉的时间,这整段时间里她喝了两瓶啤酒,一瓶配晚餐,一瓶饭后喝。这样就会让她变成酒鬼?"

"问题不在这里。问题是这样会让你不舒服吗?"

"就记忆所及,再没有比那一夜更舒服的了。"

"她喝哪个牌子的啤酒?"

"贝克。有什么差别?"

"你梦里喝的是什么?"

"不记得了。"

"什么味道?"

"我不记得味道了,根本没注意。"

"真凄惨。既然都梦到在喝酒了,那你也好歹细细品尝、满足一下。我们一起吃午饭吧?"

"不行,我得去办件事。"

"那或许晚上会见到你。"

"或许吧。"

我挂上电话,很生气。我觉得自己好像被当成一个小孩似的,而我的反应也变成孩子式的愤怒。我梦里喝什么酒有什么差别?

我到派出所的时候，安德烈奥蒂不在，到市中心的法院出庭作证去了。他的搭档比尔·贝拉米无法理解，为什么我想看验尸报告。

"你当时也在，"他说，"一切再明显不过。根据现场人员说，死亡时间大概是星期六深夜或星期天凌晨。所有的现场证据都支持窒息式自慰导致意外死亡的判定。每件事情——春宫图片、尸体位置、全身赤裸，一切一切都指向这个结论。当时我们都看到了，斯卡德。"

"我知道。"

"那么你或许也知道，这件事情最好别闹开来，否则报纸上会怎么炒作这个脖子上绕根绳子手淫而死的案子？而且死者还不是青春期的小孩。去年我们碰过一个案子，死者已婚，而且发现尸体的就是他太太。都是些体面的人，住在西缘大道的一户公寓，结婚十五年了！可怜的女人不明白怎么会这样，她就是不明白。她连她老公手淫都不肯相信，更别说手淫时还喜欢勒着自己脖子了。"

"我可以了解那种情形。"

"那你感兴趣的是什么？难道你是保险公司的人，如果法庭裁决客户是自杀的话，就不能拿到钱？"

"我不做保险业，而且我也怀疑他没有保险。"

"因为我记得曾经有个保险调查员跑来查西缘大道那个绅士,他也保了全额保险,可能有个一百万吧。"

"保险公司不想付钱?"

"他们已经打算付钱了。自杀不理赔的条款只适用于某个期限,以防止有些人决定自杀才去投保。而那位先生已经投保很久了,所以自杀也没影响。那么问题出在哪里?"他皱皱眉头,然后眼睛一亮,"啊,对了。还有个意外死亡加倍理赔的条款。我得说这实在不合逻辑,我的意思是,死就是死,管你是心脏病突发还是出车祸,又有什么两样?你老婆的生活费还是照付,你的小孩读大学也还是得花相同的学费。我从来就没搞懂过。"

"保险公司不愿意接受意外死亡的说法?"

"答对了。他们说把绳子绕在自己脖子上吊死,要算自杀。那个太太找了个好律师,要保险公司全额理赔。死者是故意吊着自己没错,可是他没打算把自己弄死,这就是意外死亡和自杀的差别。"他笑了起来,好像他自己就是法官,回忆着自己审理过的案子。"不过你不是为保险的事情来的。"

"是啊,而且我很确定他没有保任何险。他是我的一个朋友。"

"一个有趣的朋友。结果证明他身上的床单比他的老二要长。"

"他的案底,大部分都是些小罪小案,不是吗?"

"从他被逮过的前科来看是这样。至于没被逮到的,谁知道?搞不好林德伯格①的儿子就是被他绑架撕票的,他却逍遥法外。"

"我想他还没老到能犯下那种年代久远的案子。他以前的生活我略有所知,只是不清楚细节。不过在过去一年里,他都没喝过酒。"

"你是说他以前是酒鬼?"

"可是他戒酒了。"

"然后呢?"

"我想知道他死的时候有没有碰酒。"

"那有什么差别呢?"

"这很难解释。"

"我有个舅舅以前喝酒喝得很凶,他现在戒掉了,而且完全变了一个人。"

"有时候会这样的。"

"你以前简直不希望自己认得他,现在他可成了个良好市民,定期上教堂,有份正当职业,待人有礼。你的朋友看起来不像喝过酒,而且现场四周也没发现酒瓶。"

"是没有,可是他也可能在别处喝过酒,也可能嗑了药。"

---

① 查尔斯·林德伯格(Charles Lindbergh,1902—1974)是首位驾驶飞机航越大西洋的美国飞行英雄,一九三二年他襁褓中的小儿子遭绑架杀害,成为轰动一时的案件。事后数月嫌疑犯被捕并速审速决处死,但由于调查、审判过程疑点甚多,许多人相信凶手其实另有其人。

"你是指海洛因一类的?"

"我想有可能。"

"我看不出任何迹象。不过毒品的种类多得超乎你的想象。"

"任何毒品,"我说,"他们会做整套的验尸吧?"

"一定会的,这是法律规定的。"

"呃,那你拿到验尸报告后,可以让我看看吗?"

"只为了确定他死前有没有喝酒?"他叹了口气,"这只是我的想法。可是又有什么影响呢?难道有什么规定,禁止他死前破戒喝酒,不然就不让他葬在墓园里某个特定的好地方吗?"

"我不知道自己有没有办法解释。"

"试试看。"

"他没过过什么好日子,"我说,"也不是死得很风光。过去一年,他试着一天戒一次酒。刚开始很困难,对他来说一点也不轻松,可是他熬过去了。他从不曾有过什么成就,我只是想知道这件事他做到了没有。"

"你把电话号码给我,"贝拉米说,"等报告出来了,我会通知你的。"

我曾在格林威治村一个戒酒聚会中听一个澳大利亚人发言。"让我戒酒的不是我的脑袋,"他说,"我的脑袋只会给我惹麻烦。带着我戒酒的是我的脚,它们带我来参加聚会,而我的烂脑袋除了遵命之外别无选择。我拥有的,是一双聪明的脚。"

我的脚带领我去葛洛根开放屋。我漫无目的地转来转去,想着埃迪·邓菲和保拉·赫尔德特克,没留意自己走到哪儿,最后抬头一看,发现自己站在第十大道和第五十街的转角,葛洛根开放屋就在对面。

埃迪曾经穿越马路以免经过那个地方,而我现在却穿过马路要进去。

那儿并不时髦。进门左手边是个吧台,右边有几个暗色木头的火车座,中间放了几张桌子。老式的瓷砖地板,天花板是锡的,有些破烂了。

顾客全是男的。两个老头坐在前方的火车座,安安静静地让他们的啤酒冒着气。后头隔两个座位是一个穿着滑雪毛衣的年轻人,正在看报纸。房间尽头的墙上有个射飞镖的靶子,有个穿T恤戴棒球帽的家伙自己在玩。

吧台前方有两个人坐在电视前面,都没怎么专心看屏幕,两人中间有张空凳子。再里面一点,酒保正在看一份小型报纸,就是那种告诉你猫王和希特勒其实没死,以及土豆片可以治疗癌症的小报。

我走到吧台前,一只脚踏在铜栏杆上。酒保打量了我一眼才走过来。我点了可乐,他又打量了我一眼,蓝色的眼珠高深莫测,脸上没有表情。他有张窄窄的三角脸,很苍白,像是很久没晒过太阳似的。

他拿个玻璃杯装了冰块,然后把可乐倒进去。我在吧台上放了十元,他收进收银机,敲了两下键盘,找了我八个一元和两个两毛五。我把零钱留在面前的吧台上,喝着我的可乐。

电视上正在播埃罗尔·弗林和奥莉薇·黛·哈佛兰主演的老电影《圣非小路》。弗林演杰伯·斯图尔特,当时年轻得不像话的前总统罗纳德·里根饰演乔治·阿姆斯特朗·卡斯特。电影是黑白的,中间穿插着彩色的广告。

我喝着可乐,看着电影,播广告时,我转身看看后头射飞镖的那个家伙。他脚尖抵着线,身体前倾得很厉害,我一直想着他会失去平衡,但显然他很清楚自己在干什么,飞镖也都射中了靶子。

我进去大概二十分钟后,一个穿着工作服的黑人进来,问德维特·克林顿高中在哪儿。酒保说他不知道,这不太可能。我可以告诉他,不过我没吭声。周围也没人说话。

"应该是在这附近,"那个人说,"我有个快递要送去,客户给的地址不对,我就进来喝杯啤酒。"

"啤酒筒的机器出故障了,只压得出泡沫。"

"瓶装啤酒也行。"

"我们只有桶装的。"

"坐火车座那家伙在喝瓶装啤酒。"

"那一定是他自己带来的。"

意思很明白了。"好吧,狗屎,"那个司机说,"我还以为这里是斯托克酒吧那种花哨地方,你们对顾客一定很挑。"他狠狠瞪了酒保一眼,酒保也看着他,照样面无表情。然后那个黑人转身低垂着头快步走出去,门在他身后荡回去关上了。

过了一会儿,那个射飞镖的人晃过来,酒保压了一品脱的桶装啤酒给他,又黑又浓的健力士,上头浮着厚厚的泡沫。他说:"谢啦,汤姆。"他喝了一大口,然后用袖子擦掉嘴边的泡沫。"他妈的黑鬼,"他说,"硬要闯进不欢迎他们的地方。"

酒保没搭腔,只管收钱找钱。射飞镖的人又喝了一大口,然后又用袖子擦嘴。他的T恤上印着一家叫农家小子酒馆的广告,在布朗克斯区福德汉姆路。他的棒球帽子上则是老密尔沃基啤酒的广告。

他朝着我说:"要不要射飞镖,不赌钱,这个我太拿手了,只是打发时间而已。"

"我根本不会玩。"

"只要想办法把飞镖射中靶子就行。"

"我可能会射中那条鱼。"飞镖靶上方挂着一条鱼,旁边还有个鹿头。吧台后方还有另外一条比较大的鱼,是那种嘴巴很长的,不是旗鱼就是枪鱼。

"反正打发时间嘛。"他说。

我已经记不起上回射飞镖是什么时候了,反正我从来就射不好,再练也没用。我们玩了起来,尽管他故意表现得很糟,还是没能让我看起来好一点。他赢了之后，没提自己，还说："你射得很不错，你知道。"

"得了。"

"你很有慧根。你从没玩过，瞄准也不行，不过你的腕力运用得很好，我请你喝杯啤酒吧。"

"我喝可口可乐。"

"这就是为什么你会瞄不准。啤酒会让你松弛，只想着把飞镖射中靶子。健力士黑啤酒最棒了，它能让你的心就像磨亮的银器，把污垢完全去除。你该喝一杯的，或者你要喝瓶竖琴牌麦酒？"

"谢了，我还是只喝可乐。"

他付钱让我续杯，又买了一品脱黑啤酒给自己。他说他叫安迪·巴克利。我告诉他我的名字，然后我们又比了一盘，他的脚有几次越线，故意表现出他刚刚练习时所没有的笨拙。他重施故技时，我看了他一眼，他笑了。"我知道骗不了你，马修，"他说，"你知道这是什么吗？习惯使然。"

他很快赢了这一盘，我说不想再玩，他没再好言央求。这回轮我买饮料了，我不想再喝可乐，就帮他买了一杯健力士，给自己买了杯苏打水。酒保按了收银机的键，拿走了我留下的零钱。

巴克利在我旁边的凳子上坐下来，屏幕上，埃罗尔·弗林赢得哈佛兰的芳心，而里根很有风度地接受失败。"他以前真是个英俊的小混蛋。"巴克利说。

"里根吗？"

"弗林。我喜欢弗林,他只要看一眼,就可以让坏蛋尿湿裤子。我以前没在这儿见过你,马修。"

"我不常来。"

"你住附近吗?"

"不远。你呢?"

"也不远。这儿很安静,你知道吧?啤酒也很好,而且我喜欢他们的飞镖靶。"

几分钟之后,他又回去射飞镖了,我坐在原来的位置上。一会儿酒保汤姆悄悄走过来,没问我就把我的玻璃杯加满苏打水,也没收我的钱。

走了两个人。有个人进来,低声跟汤姆讲话,然后又出去了。一个穿西装打领带的人进来,要了双份伏特加,一口喝尽,又要了一杯,当场喝掉,在吧台上放了张十元钞票,然后走出去。整个过程中,他和酒保都没多讲半个字。

电视上,弗林和里根在哈珀斯渡口联合对付雷蒙德·马西饰演的约翰·布朗。恶棍范·赫夫林失去了他原有的机会,恶有恶报。

电影播完后我站起来,掏出零钱,在吧台上给汤姆放了几块钱,然后离开那儿。

走到外头,我自问,我去那儿到底想做什么。起先我想到埃迪,然后我抬头看看,发现自己就站在他曾经害怕接近的地方。或许我进去是因为想知道,他在认识我之前是什么个样子。或许我是希望能偷看到"屠夫小子"本人,那个恶名在外的米克·巴卢。

然而我只见识到一个寻常酒吧,我能做的,也只是在里头泡一泡。

奇怪。

我从自己房间打电话给薇拉。"我正看着你的花。"她说。

"那是你的花,"我说,"我已经送给你了。"

"没有附带条件,嗯?"

"没有条件。我只是在想,你想不想去看电影?"

"什么电影?"

"不知道,我六点左右去接你好不好?我们可以去百老汇看电影,看完再去吃点东西。"

"我有个条件。"

"什么条件?"

"我请客。"

"你昨天晚上请过了。"

"昨天晚上干吗了?哦,我们吃了中国菜。是我付钱的吗?"

"当时你坚持要付。"

"哦,狗屎。那今天晚餐可以让你请。"

"我就是打算这样。"

"可是看电影我出钱。"

"电影我们各付各的。"

"等你来再说吧,你说什么时候?六点吗?"

"六点左右。"

她又穿了那件宽松的蓝色丝衬衫,下身则是松松的卡其工作裤,裤脚束紧了。她把头发扎成两束麻花辫,像个印第安少女。我抓起她的辫子,放在两旁。"每次都不一样。"我说。

"我留长发大概嫌太老了。"

"这种说法太可笑了。"

"是吗?管他的,反正我根本不在乎。我留了好几年短发了,能够留长发真好玩。"

我们互吻对方,我从她的气息里闻到苏格兰威士忌的味道。这回不那么震撼了,一旦习惯了,闻起来还挺不错的。

我们继续吻下去。我的嘴移到她的耳旁,然后滑到她的脖子。她抱紧了我,热气从她的腰和胸传来。

她说:"几点的电影?"

"我们几点到就看几点的。"

"那我们不必赶时间,对不对?"

我们到时代广场的首轮电影院,哈里森·福特战胜巴勒斯坦恐怖分子。他比不上埃罗尔·弗林,不过比里根强一点。

看完电影我们又去巴黎绿。她试了比目鱼排，觉得不错，我还是老样子，干酪汉堡、薯条和沙拉。

她点了白酒佐餐，只喝了一杯，然后往餐后的咖啡里加了白兰地。

我们谈了她的婚姻，然后再谈谈我的。喝着咖啡，我发现我在谈简，还有我们之间是怎么不对劲起来的。

"还好你留着旅社的房间，"她说，"如果你退租之后还想再搬回去，得花多少钱？"

"一定租不起，住旅社太贵了，他们最便宜的房间一晚上要六十五元。那一个月是多少？两千元？"

"差不多。"

"当然包租的算法不一样，不过至少也要一千多。如果我搬走的话，就不可能再搬回去了。我得去别处找个公寓，而且可能负担不起曼哈顿的房租，"我思索着，"除非我认真一点，去找份真正的工作。"

"你有办法吗？"

"不知道，一年多以前，有个家伙想找我跟他合伙，正式开家侦探社。他认为我们可以接到很多企业界的业务，稽查商标盗用、防止员工监守自盗这类事情。"

"你没兴趣？"

"我动了心。那是个挑战，可以积极点做事情。不过我喜欢我现在所创造的生活空间，我喜欢能够随时去参加戒酒聚会,或者在公园散散步,坐下来看看报。而且我喜欢我住的地方,那儿是个垃圾堆,不过很适合我。"

"你住在原来的地方,也还是可以开个真正的侦探社。"

我摇摇头:"可是我不知道那样适不适合我。成功的人总是会落入一个成功陷阱,辩驳说自己必须投入那么多的时间。他们花太多钱了,而且习惯了之后,也需要那么多钱。我喜欢自己不需要太多钱的事实,我的房租便宜,我真的很喜欢这样。"

"真滑稽。"

"什么事情滑稽?"

"这个城市。不管你一开始的话题是什么,最后都会谈到房地产。"

"我知道。"

"根本无法避免。我在门铃旁边贴了个牌子'目前无空屋'。"

"我见过。"

"可是还是有三个人来按我门铃,确定一下没有房子要租。"

"以防万一。"

"他们以为我只是一直贴着那个牌子,免得太多人来询问。而且有一两个还知道我刚失去了一个房客,所以他大概猜想,我忘了去把那个牌子取下来。

今天《时报》登了个消息,有个房地产大亨宣布,要在第十一大道西边盖两栋面向中等收入人士的住宅,提供给全家年收入低于五万元以下的人。天知道这真的很有必要,可是我不认为这样能改变什么。"

"你说对了,一开始我们在谈男女关系,现在我们在谈房子。"

她把手放在我的手上。"今天星期几?星期四吗?"

"再过一个多小时吧?"

"我什么时候碰到你的?星期二下午?好像很不可思议。"

"我知道。"

"我不想太急,可是我也不想踩刹车。无论我们之间怎么样——"

"唔?"

"保留你旅社的房间。"

我刚戒酒的时候,第三十街和列克星敦大道之间的摩拉维亚教堂有个午夜聚会。后来那个聚会搬到酗酒者亲友互助协会的地方举行,酗酒者亲友互助协会是个类似匿名戒酒会的组织,在时代广场边有一个大办公室。

我送薇拉回家,然后往时代广场走,去参加那个聚会。我不常去,那儿参加的人都很年轻,而且大部分人看起来以前嗑药,问题比喝酒严重多了。

不过我也不能挑，星期二晚上之后我就没参加过聚会，我已经连续两次错过了我家附近的聚会，这对我来说很不寻常，而且我也没有去参加任何白天的聚会让自己振作。更重要的是，过去五十六个小时我有一大块时间跟酒精做伴。我跟一个喝酒的女人睡觉，又在酒吧泡了一下午，还是那种种族歧视的酒吧。我应该做的，就是去参加聚会，把这些事情说出来。

我到那儿时，聚会正要开始，我只来得及拿杯咖啡坐下来。发言人戒酒快六个月了，还处在我们所谓的滑稽期——混乱、困惑、没有重心。要把他的话听进去很困难，我的思绪飞驰，在自己的轨道上徘徊。

他发言结束后，我却没有勇气举手要求讲讲话。我以前碰到过很多一副"吾比汝圣洁"的家伙给我一大堆我根本不想也不要的忠告，比方说，我已经知道从吉姆·费伯和弗兰克那儿会听到什么建议。"如果你不想堕落，就别去会让你堕落的地方。没有事不要进酒吧，酒吧是喝酒的地方。你想看电视，就弄一台放自己房间；你想射飞镖，就去买个飞镖靶。"

老天，我知道任何一个戒酒几年的人会跟我讲些什么。那是换了我也一样会讲的建议。"打电话给你的辅导员，密切参与戒酒阶段课程，加倍参加聚会，早上起床时，祈祷上帝让你保持清醒，晚上上床时谢谢他。如果没办法参加聚会，就读一读《戒酒大书》和《十二阶段与十二传统》这两本匿名戒酒会的书，打电话给某个人。不要独处,因为当你只跟自己在一起时,你就是一个糟糕的同伴。还有记住这个:你是个酒鬼,你现在并没有更好。你永远不会痊愈。你现在只不过是一个不会喝醉的人罢了。"

我不想听这些废话。

休息时我走掉了。我很少这样,可是现在很晚了,而且我也累了。反正我在那个房间觉得很不自在。我比较喜欢以前的午夜聚会,即使得搭出租车去参加。

走回家的路上,我想着那个想找我开侦探社的乔治·博安。我是几年前在布鲁克林认识他的,我刚升警探时跟他搭档办过一阵案子,他退休后替一个全国性侦探社工作,学到了这一行所需的知识,而且也拿到了私家侦探的执照。

机会来叩门的时候,我没有回应。不过或许现在是时候了。或许我已经习惯某个固定模式,陷入老套了。是很舒服没错,可是不知不觉时间就这么匆匆溜走了。我真的想成为一个住在一家旅社的孤单老头子,排队等着领食物兑换券,去老人中心排队领食物吗?

老天,这种想法真恐怖。

我往北走上百老汇大道,碰到乞讨的人,对方还没开口我就摇摇手把他们赶开。如果我真的开了侦探社,我心想,或许我可以让客户的钱花得更值得,或许我不会像四十年代电影里那些逃难的流民一样到处乱窜，我可以更有效率、更管用。比方说，如果碰到保拉·赫尔德特克出国，我可以打长途电话找华盛顿特区的侦探社，查出她是否使用过护照。我可以在她老爸能负担的范围内雇很多助手，花几个星期清查她失踪期间的飞机旅客名单。我可以——

要命，我可以做的事情太多了。

或许都没用，或许任何寻找保拉的额外努力都是浪费时间和金钱。若是如此，我可以放弃这个案子，去办另一个案子。

事实是，我一直想着这个该死的案子，是因为没有其他事情可做。德金曾说我像条追着骨头不放的狗，他说对了，不过不单是因为这样。我是一条只有一根骨头的狗，一旦失去了那根骨头，除了尽力去追回之外，我别无选择。

这样过日子的方式真蠢，过滤一切蛛丝马迹，想要找到那个失踪的女孩。为一个死去的朋友夜不成眠，想确定他死时处于没喝酒的美好状态，或许是因为他生前我没能替他做什么事。

而且，如果我没做这两件事的话，我就没有理由不去参加戒酒聚会。

匿名戒酒会里的人说，戒酒计划是一架生活的桥梁。或许对某些人适用，对我来说，那是隧道的另外一个出口。在出口的尽头，有另外一个聚会等着我。

他们说，参加聚会永远不嫌多。他们说，参加愈多聚会，你就会愈快、愈容易复原。

但那是对刚戒酒的人而言。大部分戒酒两三年以上的人，都会逐渐减少参加聚会。我们有些人一开始整天都去参加，一天去个四五次，可是没有人能一直持续下去。他们以前曾经靠参加戒酒聚会而活，但现在他们开始靠自己而活。

看在老天的分上，我还期望在聚会上听到什么新鲜话呢？我已经参加三年多了，同样的话我已经听过太多遍，最后根本是左耳进右耳出。如果我有自己的生活，如果我曾经打算有的话，靠自己而活是迟早的事。

我可以把这些话告诉吉姆，可是现在打电话给他太晚了。何况我所得到的回答，永远就是那些老词儿。"放轻松，戒酒很简单，一天戒一次，其他顺其自然，交给上帝，活着好好过日子。"

他妈的老人的智慧。

我可以在聚会上发言，这就是聚会存在的目的，而且我确定那些二十来岁的小混蛋们可以从我这里听到一大堆有用的忠告。

老天，谈起如何种盆栽植物，我也一样可以讲得很好。

我什么都没做，只是走到百老汇大道上，自言自语。

走到第五十街,等着绿灯时,我忽然想到去看看葛洛根晚上的样子应该很好玩。现在还不到一点钟,够我打烊前过去喝杯可乐。

该死,我曾经是个进了酒吧才觉得回到家的人,我不必喝酒,也照样可以享受那儿的气氛。

为什么不?

"血液酒精浓度为零，"贝拉米说，"我不知道这个城市有哪个人的血液酒精浓度为零的。"

我可以告诉他几百个这样的人，头一个就是我。当然如果我昨天一时冲动，跑去葛洛根开放屋的话，头一个就是别人了。当时内心里的声音告诉我，去那儿完全有理由而且合逻辑，而我则努力和这个想法博斗。我只是一直往北走，不做选择，然后在五十七街往左转，走到旅社，上楼睡觉。贝拉米早上打电话来，告诉我埃迪的血液酒精浓度时，我正在刷牙。

我问他验尸报告上还说了些什么，其中有一项勾起了我的兴趣。我要求他再念一遍，又问了两个问题。一个小时后，我坐在东二十街一家医院的自助餐厅，喝着咖啡，那咖啡比薇拉家的好，不过好不了太多。

11

负责验尸的助理验尸官迈克尔·斯特林跟埃迪差不多年纪，有一张圆脸，和那副使他看起来有点像猫头鹰的玳瑁框眼镜相辉映。他头秃了，还故意把旁边的头发梳过来盖住中间秃掉的部分，结果秃得更明显。

"他体内的水合氯醛含量不多，"他告诉我，"我必须说，其实含量很少。"

"他戒酒了。"

"这表示他没有吃任何兴奋剂,甚至连安眠药都不吃?"他喝口咖啡,扮了个鬼脸,"或许他没戒掉这些药。我可以跟你保证,根据他体内血液的低含量来讲,吃这些分量的药不可能让他达到高潮。水合氯醛无论如何不会毒害身体,它不像巴比妥酸盐或其他镇静剂。有人吃高剂量的巴比妥药物保持清醒,这种药物对于提神和增强体力有神效。但如果你吃高剂量的水合氯醛,只会让你倒下去失去知觉。"

"可是他没有吃那么多?"

"吃得很少。他的血液浓度显示,他只吃了大约一千毫克,这样的剂量只会让你睡觉,让你昏昏沉沉,开始打瞌睡。而且如果他睡不着的话,吃这个剂量可以帮助他入睡。"

"这会是他致死的原因吗?"

"我不认为。根据我从教科书上学到有关窒息式自慰的案例,我猜想他死前不久才刚吃了安眠药。或许他想马上睡觉,然后又改变心意,想要趁睡前自己玩玩单人性游戏。或者他也可能习惯上先吃颗安眠药,这样玩过高兴够了后,就可以马上倒头睡觉。无论是哪一种,我想水合氯醛都不会造成任何实质效果。你知道这种窒息式自慰是怎么回事吗?"

"知道一点。"

"玩火者必自焚,"他说,"他们会因此达到高潮,很爽,所以就常常做。即使他们知道危险性,可是因为一直没出事,好像就证明了他们的做法没有错。"

他摘下眼镜,用他实验室制服外套的衣角擦了擦。"事实是,"他说,"做这个根本就不对,早晚你的幸运会用光。你知道,只要在颈动脉施加一点点压力,"他伸手过来,摸着我脖子侧边,"自然会引起心跳减慢的反射动作,这会加速高潮的来临,可是也会使你失去知觉,根本是你无法控制的。这个时候,地心引力会拉紧绳套,可是因为你失去知觉,所以你根本不知道发生了什么事,也就无法做出反应。要一个人在做这种事情时小心,就像要他谨慎地玩俄罗斯轮盘一样。无论你以前成功过多少次,下一次你失败的概率是一样的,唯一小心的方式,就是根本别做。"

我去见斯特林是搭出租车去的,回来时我换了两班公车,到薇拉家时,她正要出门。

她穿着一条我没见过的牛仔裤,有油漆的斑点,裤脚刷成须须。她把头发夹起来,塞在毛呢头巾里面,上身穿了一件领尖有扣子扣住的男式白衬衫,领口磨得旧旧的,蓝色球鞋和牛仔裤一样也溅了些油漆。她带着一个灰色金属工具箱,铰链和锁都生锈了。

"我就猜到你会来,"她说,"所以我才换了衣服。我得去对街修水管,很急。"

"他们那儿没有管理员吗?"

"当然有，就是我。除了这一栋，我还有三栋公寓要管。这样我就不会只有一个地方可住，还有别的地方可以去。"她换了只手提工作箱。"我不能跟你多聊了，他们那儿水管正在大漏水。你要跟着一起去看看，还是自己进去弄杯咖啡等我？"

我说我进去等她，她跟着我一起进去，让我进她房里。我跟她要埃迪的钥匙。

"你想上去？为什么？"

"只是看一看。"

她把埃迪的钥匙从钥匙圈上拆下来，然后也把她公寓的钥匙给了我。"这样你回来的时候才进得去，"她说，"这把是上头的钥匙，那个锁关门时会自动锁上。去楼上看完后，别忘了要锁两道锁。"

埃迪的公寓里窗户大开，上次我跟安德烈奥蒂打开后就没关上过。空气里仍然有死亡的气味，不过淡多了，而且除非你知道那是什么气味，否则它不会真的让你不舒服。

要除去残余的气味很简单，只要把窗帘和床具搬走，把家具、衣服和各种私人物品扔到街上的垃圾堆，大概就什么都闻不到了。然后拖一拖地板，四处喷点消毒药水，最后一点痕迹就消失了。每天都有人死掉，房东会清理房子，新房客会在下个月一号搬进来。

日子照样要过下去。

我寻找水合氯醛，可是我不知道他放在哪儿。屋里没有医药柜，浴室外头的厕所只有一个小小的洗脸台。他的牙刷挂在厨房水槽上的挂钩上，还有一管半满的牙膏，尾端整整齐齐地卷起来，放在旁边的窗台上。我在离水槽最近的碗碟橱找到了两把塑料剃须刀，一罐剃须泡沫，一瓶阿司匹林，还有一个装安纳辛牌止痛药的袖珍锡盒子。我打开那瓶阿司匹林，把里面的东西倒在手掌上，只有五粒阿司匹林药片。我把药倒回去，扭开那个安纳辛锡盒，按照指示压着后方，光是把它打开就足以引起头痛，可是打开后，只发现广告词上所说的一堆白色药片。

埃迪床边倒置的柳橙木条箱上面，放着一堆匿名戒酒会的书——《戒酒大书》《十二阶段与十二传统》，几本小册子，还有一本薄薄的书，叫《清醒地过日子》，还有一本《圣经》，上面写着这是一本献给玛丽·史坎兰的圣礼，另一页的家谱表明玛丽·史坎兰嫁给了彼得·约翰·邓菲，而他们的儿子爱德华·托马斯·邓菲在他们结婚一年四个月后降生。

我翻着《圣经》。书在第二章打开来，埃迪在那儿藏了两张二十元钞票。我不知道该拿它们怎么办，我不想把这些钱拿走，可是留下又很奇怪。我考虑了好久，花的时间大概都值四十块钱了，然后把钞票夹回《圣经》里，再把《圣经》放回我原来发现的地方。

他的衣柜上头有一个小锡盒，里面有几个创可贴，一根鞋带，一只空的烟盒，四十三分零钱，还有两个地铁代币。衣柜上方的抽屉里面大半是袜子，不过还有一双手套，羊毛做的，掌心处是皮革，另外有一个柯尔特点四五铜制手枪皮带扣，一只绒盒子，好像是袖扣盒，盒子里面有一枚镶蓝色石头的高中毕业戒指，一只镀金的领带夹，还有一枚袖扣，上头嵌了三颗小石榴石，原来应该有四颗的，不过掉了一颗。

装内衣的抽屉里塞得满满的，里头大半是短裤和T恤，还有块手表，表带缺了一半。

色情杂志都不见了，我猜想跟着证据一起被收走了，而且大概永远都会放在哪个地方的仓库里。我没找到其他任何色情杂志或性玩具。

我在他裤子的口袋里发现他的钱包。里头有三十二元现金，一只保险套，还有一个时代广场附近那种廉价商店出售的身份证明卡。通常买这种卡片的都是一些想捏造假身份的人，其实根本骗不了任何人。埃迪倒是老老实实地都填上了他的真实姓名和地址，生日也跟家谱上写的一样，还有身高、体重、发色、眼珠颜色等等。这好像是他唯一的身份证明，他没有驾驶执照、没有社会安全卡，就算他在绿港监狱领到过一张，大概也早丢了。

我又找了衣橱里的其他抽屉，检查了冰箱，冰箱里有些馊掉的牛奶,我倒掉了,里头还有一条面包,一罐花生酱和果冻。我站在一张椅子上,检查厕所上方的架子,发现了一些旧报纸,一只铁定是他小时候用过的棒球手套,还有一盒没拆开的教堂奉献蜡烛,放在一个干净的玻璃盒里。厕所的衣服袋子里没发现任何东西,地板上的两双鞋子或橡胶室内鞋里面也是空的。

过了一会儿,我拿了一个塑料购物袋把《圣经》、匿名戒酒会的书,以及他的钱包一起装进去,其他东西都没动,然后离开那儿。

我锁门时听到了一个声音,有个人在我背后清喉咙。我转身看到一个女人站在楼梯口。她个子很小,一头灰发,眼睛在厚眼镜后头显得奇大。她问我是谁,我告诉她我的名字,说我是侦探。

"可怜的邓菲,"她说,"我知道他和他父母亲以前过的是什么日子。"她跟我一样提着一个装满杂物的购物袋。她把袋子放下,在皮包里翻钥匙。"他们杀了他。"她沉痛地说。

"他们?"

"是啊,他们会杀了我们所有人。可怜的格罗德太太就住在楼上,他们从火灾逃生口爬进去,割断了她的喉咙。"

"什么时候的事情?"

"还有怀特先生,"她说,"死于癌症,临终前又苍老又黄,你会以为他是中国人。我们很快就都会死掉,"她说,双手战栗着、甚至带着点喜悦地绞着,"一个都逃不掉。"

薇拉回来时,我已经泡了一杯咖啡,正坐在厨房餐桌旁。她走进来,放下工具箱,说:"不要吻我,我一塌糊涂。老天,真是个脏活儿。我得打开浴室的天花板,结果一大堆垃圾就掉下来。"

"你怎么学会修水管的?"

"其实我不会。我很会修东西,过去几年断断续续学会了几种技能。我不是水管工人,不过我知道要先关掉总开关,找出漏水的地方,我也会补破洞,而且也真能补好——至少可以撑一阵子不会再漏。"她打开冰箱拿了一瓶贝克啤酒。"这工作会让人口渴,石膏粉末都跑进你喉咙,我想这一定会致癌。"

"几乎每样东西都会致癌。"

她打开啤酒,就着瓶口灌了一大口,然后从滴水板拿了个玻璃杯把啤酒倒满。她说:"我得冲个澡,不过首先我要坐下来休息两分钟。你等了很久吗?"

"只有几分钟。"

"你一定在楼上花了很多时间。"

"我想一定是。然后我又花了一两分钟做一场奇怪的对话。"我详细描述碰到那个灰发老妇人的经过,薇拉点点头表示认得她。

"那一定是曼根太太，"她说，"'我们都会在坟墓里腐朽，死亡女神在地狱里哭号。'"

"你学得很像。"

"我的模仿本领不如修水管有用。她是这里住得最久的住户，一直都住这里，我想她可能还是在这栋公寓里出生的，已经八十多岁了，你看呢？"

"我不太会猜人家的年纪。"

"唔，如果她要买敬老票看电影的话，你会跟她要年龄证明吗？她认识每个邻居，每个老人，这表示她总是去参加葬礼。"她喝干了杯中的啤酒，又把瓶里剩下的倒进去。"跟你讲一件事，"她说，"我不想永远活着不死。"

"离永远还早呢。"

"我是说真的，马修。活太久不是件好事。在埃迪·邓菲这样的年纪死掉是个悲剧，或者像你那个保拉，前头还有大把美好人生等着她。可是等你活到曼根太太那个年纪，又一个人活着，所有的老朋友都走了——"

"格罗德太太是怎么死的？"

"我想想那是什么时候。一年多前吧，因为当时天气很暖。一个小偷杀了她，他是从窗子进来的。每户公寓都有火灾逃生口，不过不是每个房客都会使用。"

"埃迪的卧室窗子也有个逃生口,开向火灾逃生梯。不过没打开。"

"很多人都开着,因为开开关关很麻烦。显然有人从屋顶爬进来,从防火梯爬进格罗德太太的公寓,她当时在床上,一定醒来吓到小偷了,于是小偷就刺死了她。"她喝了口啤酒。"你找到你想找的东西了吗?你到底在找什么?"

"药丸。"

"药丸?"

"可是没找到比阿司匹林药效更强的东西。"我解释了斯特林的发现,以及所代表的意义。"我知道怎么搜查一户公寓,而且也学会该怎么彻底搜查。我没撬开地板或拆开家具,不过我做了个很有系统的搜查,如果那儿有水合氯醛,我早就找到了。"

"或许他把最后一颗吃掉了。"

"那应该会有空瓶子。"

"或许他扔掉了。"

"他的垃圾桶里面没有,厨房水槽下面的垃圾堆里也没有。他还能扔到哪儿?"

"或许有人给了他一两颗药。'睡不着吗?来,拿一颗,很有效。'如果是这样的话,你不是说他有那种混街头的小聪明吗?这附近要买药不见得都要找药剂师,街上随处都可以买到药。如果你在街上能买到那个水绿圈圈的话,我也不会吃惊的。"

"是水合氯醛。"

"好嘛,水合氯醛。听起来像个好妈妈会给她小孩取的小名。'小绿圈,别再惹你弟弟了!'你怎么了?"

"没事。"

"你好像心情不好。"

"有吗?或许是在楼上引起的,还有你说有些人活太久。我昨天晚上想,我不想到头来变成一个孤零零住在旅社房间的老头子。现在,我也快成了那样了。"

"好个老头子。"

她去冲澡时,我心情阴郁地坐在那儿。她出来时,我说:"我一定是在找药丸以外的东西,因为就算找到药丸,对我又有什么好处?"

"这一点我也很好奇。"

"我只是想知道他想告诉我什么。他有心事,刚打算要说出来,可是我告诉他不要急,想清楚。我当时应该坐下来听他讲的。"

"这样他就不会死了吗?"

"不,但是——"

"马修,他不是因为他说出来或没说出来的事情而死的。他死,是因为他做了些愚蠢而危险的事情,而他的幸运又用光了。"

"我知道。"

"你没有少做什么事情。而现在你也没办法为他做什么。"

"我知道,他没有——"

"没有什么?"

"没有跟你说过什么吗?"

"我不太认得他,马修。我不记得上回跟他讲话是什么时候了。我不知道除了'天气不错吧?'和'这是房租。'之外,我是不是还跟他讲过别的。"

"他有心事,"我说,"真希望我知道那是什么。"

下午四五点,我跑去葛洛根开放屋,没有人在掷飞镖,也没看到安迪·巴克利,不过顾客看起来还是一样。汤姆坐在吧台后面,久久才放下手中的杂志给我倒了杯可乐。一个戴着布面棒球帽的老头正在谈大都会队,哀悼一桩十五年前的球员交易。"他们换来了吉姆·弗雷戈西,"他轻蔑地说,"而换走了诺兰·瑞恩。诺兰·瑞恩呐!"

电视屏幕上,约翰·韦恩正打断某个人的话,我试着想象他推开酒吧的门,靠在吧台上,告诉酒保给他一杯可乐加水合氯醛。

我抓着可乐,慢慢地喝。快喝光的时候,我向汤姆勾勾手指,他过来伸手要拿我的杯子,可是我用手盖住了杯口。他看着我,脸上依然没有表情,我问他米克·巴卢有没有来过。

12

"这里人来人往的,"他说,"他们叫什么名字我都不知道。"

他有北爱尔兰口音,以前我没发现。"你认得他的,"我说,"他不是老板吗?"

"店名叫葛洛根,老板不是应该叫葛洛根吗?"

"他才是老板,"我说,"他有时会穿一件屠夫围裙。"

"我六点就下班了，或许他是晚上来的。"

"或许吧，我想留话给他。"

"哦？"

"我想跟他谈谈。你会告诉他吧？"

"我不认识他，我也不知道你的名字，要怎么跟他讲呢？"

"我叫斯卡德，马修·斯卡德。我想跟他谈谈埃迪·邓菲。"

"我可能会忘记，"他说，眼神坦然，语调平静。"我不太会记人家的名字。"

我离开那里，四处走一走，大约六点半又跑去葛洛根开放屋。人多了一点，吧台边有半打下班后来喝酒的人。汤姆不在了，接班的是一个高个儿，有一头深棕色的鬈发。他穿了一件没扣子的牛皮背心，里面是黑红夹杂的法兰绒衬衫。

我问他米克·巴卢来了没。

"没看到他，"他说，"我才刚接班，你是谁？"

"斯卡德。"我说。

"我会跟他讲的。"

我离开那儿，到火焰餐厅吃了个三明治，然后赶去圣保罗。这是星期五晚上，这表示有一个进阶课程聚会。这个星期是第六阶段，在这个阶段，要准备进入自己的内心，改掉自己的性格缺点。我只知道，这个阶段实在没什么特别的收获,也许对别人有效,但对我来说没有用。

聚会中我一直很不耐烦,不过总算强迫自己待到最后。休息时间我把吉姆·费伯拉到一旁,告诉他我不确定埃迪死前是否清醒,法医验尸时在他的血管里发现了水合氯醛。

"在酒里掺药的事情以前经常听说,"他说,"现在不了,现在毒品发展太快了。我只听说过有个酒鬼吃水合氯醛是为了调剂一下,她有一阵子自己喝酒,喝得很节制,每天晚上吃一剂水合氯醛,可能是药丸也可能是药水,我不记得了,然后再喝两瓶啤酒。这样她才能倒下去睡个八小时或十小时。"

"结果她怎么样了?"

"不是水合氯醛对她没用,就是她买不到了吧,总之她就改喝杰克·丹尼波本威士忌。到了每天要喝一夸脱半时,她就知道自己有酒瘾的问题了。我不认为埃迪吃水合氯醛吃得很厉害,马修,这跟他戒酒戒了这么久不太符合,可是他吃多少反正也已经不是问题了,一切都已经成定局了。"

聚会后我推掉了去火焰餐厅的邀约,直接赶去葛洛根开放屋。一进门就看到巴卢,他没穿他的白围裙,可是我照样认得出他。

很难不去注意他。他站着身高超过六英尺,骨架很大，肌肉发达。脑袋像一颗大鹅卵石，又大又硬，看起来有如复活节岛上的风化岩石。

他站在吧台前，一脚踏在铜栏杆上，弯着身子跟酒保讲话，酒保还是我几个小时前见到的那个穿无扣皮背心的家伙。顾客变少了，有两三个老头坐在火车座，两个人在吧台远端那儿独饮，后方有两个人在射飞镖，其中一个是安迪·巴克利。

我走向吧台，和巴卢隔着三个凳子。我从吧台后方的镜子观察他，然后他转头过来直视着我。他打量我一下，然后转过头去跟酒保说了几句。

我走向他，他转过头来对着我。他的脸上坑坑洼洼，像是饱经风吹雨打的花岗岩，颧骨上数道血疤，有的还横过鼻梁。他的眼睛出奇的绿，眼睛周围有很多疤痕。

"你是斯卡德。"他说。

"是的。"

"我不认识你，不过我见过你，你也见过我。"

"是的。"

"你在找我，现在我在这里了。"他的嘴唇很薄，扭曲着好像要挤出一个笑容。他说："你喝什么，老兄？"

他面前的吧台放了一瓶尊美醇牌爱尔兰威士忌，12年份的，旁边的一个玻璃杯里，两块冰在琥珀色的液体里浮沉。我说如果有的话，我喝咖啡。巴卢看看那个酒保,酒保摇摇头。

"这里的桶装健力士是东岸最好的,"巴卢说,"我不喝瓶装的,浓得像糖浆似的。"

"我喝可乐。"

"你不喝酒。"他说。

"今天不喝。"

"你一点都不喝,还是你不跟我喝?"

"我一点都不喝。"

"一点都不喝,"他问,"那是什么滋味?"

"还好。"

"很难熬吗?"

"有时候,不过有时候喝酒也很难熬。"

"啊,"他说,"那是他妈的真理。"他看看酒保,酒保便替我倒了杯可乐。他把可乐放在我面前,就走开了。

巴卢拿起酒杯,透过酒杯上方看着我,他说:"以前莫里西兄弟还在那个街角经营夜间酒吧的时候,我在那儿见过你。"

"我记得。"

"那时候,你连两只手都醉了。"

"那是那时候。"

"而这是现在,嗯?"他放下玻璃杯,看着自己的手,在衬衫上擦了擦,然后伸向我。我们的握手有一种奇怪的郑重。他的手很大,握得很用力,不过没有侵略性。我们握了手,然后他喝他的威士忌,我喝我的可乐。

他说:"你跟埃迪·邓菲之间有什么牵扯不清的吗?"他举起杯子,看着。"喝酒能改变一个人,真他妈的。不过我要说,埃迪从来就不能自控,那个可怜的混蛋。他喝醉的时候你认得他吗?"

"不认得。"

"他喝醉就没脑袋了。然后我听说他戒了酒,现在他把自己吊死了。"

"他死前一两天,"我说,"我们谈过。"

"你就是为这个来的?"

"有一些事情让他很难受,他想讲出来,可是又害怕告诉我。"

"什么事情?"

"我就是希望你能回答。"

"我不懂你的意思。"

"他知道什么危险的事情吗?他做过什么良心不安的事情吗?"

那颗大脑袋摇过来又摇过去。"他是我从小到大的邻居。他当过小偷,喝醉时会乱讲话,因此闯过一点小祸。也不过就是这样。"

"他说他以前常来这儿。"

"这儿?葛洛根?"他耸耸肩,"这是公共场所,任何人都可以进来,喝喝啤酒或威士忌,消磨时光,然后继续过他们的日子。有些人会点葡萄酒或可口可乐，就这样。"

"埃迪说他以前常常泡在这里，有天晚上我们经过，他还穿过马路跑去对街，以避免经过这里。"

他的绿眼睛睁大了。"真的吗？为什么？"

"因为他喝酒时大半是在这儿。我猜想他是害怕经过的话，会不由自主被拉进去。"

"老天。"他说。他扭开瓶盖，添了一些酒，那两块冰融化了，不过他好像不在意没有冰块。他拿起酒杯，专心瞪着，然后说："埃迪是我兄弟的朋友，你认识我兄弟丹尼斯吗？"

"不认识。"

"丹尼斯跟我很不一样。他长得像我妈妈，她是爱尔兰人。我老爸是法国人，来自离马赛半个小时路程的一个小渔村。我回去过一次，一两年前，只是想看看那是什么个样子。我可以了解他当时为什么会离开，那儿什么都没有。"他从胸前口袋掏出一包香烟，点燃一根，吐出烟雾。

"我长得就像我老爸，"他说，"除了眼睛。丹尼斯和我都遗传了我妈的眼睛。"

"埃迪说丹尼斯在越战中死了。"

他的绿眼睛转向我。"我不懂他为什么要去。要把他弄出来一点也不难，我告诉他：'丹尼斯，看在老天的分上，我只要打个电话就搞定了。'他就是不肯。"他把烟从嘴里抽出来,在烟灰缸里按熄。"所以他就去了,"他说,"结果他们把他的屁股都轰掉了。那个蠢货。"

我什么都没说,两人都静静的。一度我觉得房间里充满了死人——埃迪、丹尼斯、巴卢的父母,还有几个是我这边的鬼魂,所有那些已经死掉但仍隐隐让你良心不安的鬼魂。我想,如果我迅速转过头去,我会看到佩姬姨妈,或者我死掉的父母亲。

"丹尼斯是个绅士,"他说,"也许这就是为什么他会去,去证明他所没有的强悍。他是埃迪的朋友,埃迪以前帮他做事。他死了之后,埃迪有时候会跑来,可我没什么事情给他做。"

"他告诉过我,有天晚上他看见你把一个人活活打死。"

他瞪着我,双眼露出惊奇之色。我不知道让他惊奇的是埃迪告诉我这些,还是我居然会把这些事情说出来。他说:"他告诉你这件事,是吗?"

"他说是在这附近的一个地下室。他说你在一个火炉室,用晒衣绳把一个家伙绑在柱子上,然后你用棒球棍把他打死。"

"把谁打死?"

"他没说。"

"那是什么时候的事?"

"几年前吧,他没详细说。"

"他当时在场吗？"

"他是这么说的。"

"你不觉得他只是在编故事吗？"他拿起杯子，却没喝。"只不过我不认为这是编的，你说呢？一个人用根球棒把另一个人活活打死，是很残忍，但是不够精彩，这种故事可没办法拿来当下酒菜。"

"有一个比较棒的故事，几年前大家在传。"

"哦？"

"有个人失踪了，一个叫法雷利的家伙。"

"帕迪·法雷利，"他说，"这家伙难搞。"

"据说他给你惹了麻烦，然后失踪了。"

"大家是这么说的吗？"

"大家还说，你带着一个保龄球袋走遍第九和第十大道半数的酒吧，逢人就打开球袋给每个人看法雷利的脑袋。"

他喝了一口威士忌。"他们可真会编故事。"

"那件事发生时，埃迪在场吗？"

他盯着我，现在我们周围一个人都没有。酒保在吧台尾端，坐我们附近的人都走了。"这里真他妈热，"他说，"你还穿着夹克干吗？"

他自己也穿着夹克，粗花呢质地的，比我的还厚。"我觉得很好啊。"我说。

"脱掉。"

我看着他，把夹克脱掉，挂在我旁边的那张凳子上。

"衬衫也脱掉。"他说。

我脱了,然后是内衣。"好家伙,"他说,"老天在上,趁你还没感冒前快把衣服穿上。这种事得小心点,有人会跑进来跟你谈一些陈年旧事,结果都被录了音,他身上藏了他妈的窃听器。你刚刚说帕迪·法雷利的脑袋?我外祖父来自爱尔兰的斯莱戈,他总是说全世界最困难的事情,就是在都柏林找一个复活节起义①当天没在邮政总局的活人。他说,二十个勇士走进邮局,结果引起三万人走上街头。好吧,在第十大道要找一个没听说过我带着可怜法雷利的血淋淋人头的龟儿子,也一样难。"

"你是说,这件事情没发生过?"

"哦,老天,"他说,"什么事发生过?什么事情没发生过?或许我从没打开过那个他妈的保龄球袋,或许里面装的只是个他妈的保龄球。你知道,大家都喜欢那个故事。大家喜欢听,喜欢讲,喜欢肩胛骨之间小小的颤抖。爱尔兰人这一点最糟了,尤其是他妈的这个区的爱尔兰人。"他喝了口酒,放下酒杯。"这块土地很肥沃,你知道。撒一颗种子,一个故事就像杂草一样长得到处都是。"

"法雷利怎么了?"

---

① 复活节起义,爱尔兰独立史上重要事件之一,因参与者企图占领邮政总局而引发,后遭到血腥镇压。

"我怎么会知道？或许他跑去塔希提岛，边喝椰奶边操褐皮肤的小姑娘。有人发现他的尸体了？或者看到那颗他妈的传奇的脑袋了吗？"

"埃迪知道些什么让他身处险境的事情？"

"没有，他什么都不知道。他对我不构成威胁。"

"他可能对谁构成威胁吗？"

"我想不到任何人。他做过什么？还不就偷了点东西。他曾跟几个小鬼跑去二十七街的一个统楼，偷了一堆皮草，这是我所记得他干过的最大的事情，但也没什么大不了的。当时一切都事先安排好了，老板给了他们钥匙，想骗保险赔偿金。那是好几年前，好几年前了。他能对谁构成危险？老天，他不是上吊死了吗？所以他不是只对自己有危险吗？"

我们之间有一种什么，难以解释，甚至也很难理解。谈完了关于埃迪·邓菲的事情之后，我们静默了几分钟。然后他告诉我关于他弟弟丹尼斯的一件往事，说他小时候如何替弟弟顶罪，然后我告诉他以前我在格林威治村第六分局当警察的一些故事。

某些理由或某些事情把我们连在一起。谈了一阵子，他走到吧台尾端，绕进去。他把冰块装进两个玻璃杯中，两杯都加满可口可乐，然后交给坐在吧台这边的我。接着又从吧台后头拿了一瓶新的 12 年份尊美醇牌爱尔兰威士忌，在一个干净的玻璃杯里放了几个冰块。然后他折回吧台前,带我到角落的一张火车座。我把两杯可乐放在面前的桌上,他把威士忌开了封,倒满他的杯子,之后我们就坐在那儿大约一个小时,有一搭没一搭地互诉往事。

以前我喝酒时,这种事情很少发生,其实一直就很少。我想我们两个算不上成了朋友,友谊是不太一样的。那就好像我们两个各自心里一直存在的一个结,现在一下子都解开了。好像是某种休战宣告,假日期间暂停对立。那个小时里,我们两个之间相处得比老朋友、比兄弟还要轻松。而这一小时过去后,我们之间的种种就不会再持续,但却并不减损这一切的真实性。

中间他一度说:"老天在上,我真希望你喝酒。"

"有时候我自己也希望。不过大部分时间我都很高兴自己不喝。"

"你一定很想念酒。"

"偶尔。"

"换了我一定想死了。我不知道少了酒我还能不能活得下去。"

"我喝酒的话会更麻烦,"我说,"我最后一次喝酒,结果大病一场。我倒在街边,醒来时是在医院,完全不晓得之前我去过哪里,也不知道自己是怎么被送来的。"

"天哪,"他说,摇了摇头。"不过直到当时为止,"

他说,"你也度过了很长一段饮酒好时光。"

"的确是。"

"那也没什么好抱怨的了,"他说,"我们两个都不能抱怨,不是吗?"

大概午夜时分,我们渐渐没话可说,我开始觉得自己在那儿待太久了。于是我站起来,告诉巴卢我得回家。

"你走回去没问题吧?要不要我替你打电话叫车?"他发现自己说错话,笑了起来。"老天,你喝的不过是可口可乐,自己走回家怎么会有问题呢?"

"我很好。"

他挣扎着站起来。"现在你知道我在哪里了,"他说,"再回来看我。"

"我会的。"

"很高兴跟你聊天,斯卡德。"他伸手搭着我的肩膀,"你人不错。"

"你也不错。"

"埃迪的事情真是让人难过。他有家人吗?有没有人替他守灵?你知道吗?"

"我不知道。下葬前市政府会保管尸体。"

"这样结束真是要命。"他叹气,然后声音又恢复原状。"以后再聊吧,我们两个。"

"我很乐意。"

"晚上我大半时间都在这儿，进进出出的。不然他们也知道怎么能找到我。"

"你们早班的酒保根本不承认他知道你是谁。"

他笑了："那是汤姆，他嘴巴很紧，对吧？不过他传话给我了，尼尔也讲了。这儿不管谁站在吧台后面，都可以找他们传话。"

我从钱包里面拿出一张名片。"我住在西北旅社，"我说，"上头有电话号码，我不常在，他们会帮我留话。"

"这是什么？"

"我的电话号码。"

"我问这个。"他说。我看了一眼，他刚才把名片转过来，看到了保拉·赫尔德特克的照片。"这个女孩，"他说，"她是谁？"

"她叫保拉·赫尔德特克。来自印第安纳，夏天时失踪了。她以前就住在这一带，在附近几个餐厅工作过。她父亲雇我来找她。"

"你给我她的相片干吗？"

"这是我手上唯一有我名字和电话的东西。干吗？你认识她吗？"

他仔细看看保拉的照片，然后抬起他的绿色眼睛看着我。"不，"他说，"我从来没见过她。"

电话铃声把我从睡梦中吵醒,我坐在床上,抓起电话,凑到耳朵边。一个声音近乎耳语地说:"斯卡德吗?"

"你是谁?"

"忘掉那个女孩。"

梦里的确有个女孩,可是那个梦早已经如同阳光下的雪融化殆尽,我怎么样都想不起她的长相。还没搞清楚梦在哪里结束,电话就响了。我说:"什么女孩?我不知道你在讲什么。"

"忘掉保拉。你永远找不到她,你不可能带她回来。"

"从哪里带回来?她怎么了?"

"别再找她,别再到处发她的照片。忘掉整件事情。"

"你是谁?"

我听到一声咔嗒。我又喂了几声,可是徒劳无功,他挂断了。

13

我扭开床头灯,找我的表。差十五分钟就五点了,我关灯时已经两点多,所以大概睡了不到三小时。我坐在床边,在心里重新想一遍我们的对话,试着找出话里的含义,并努力回忆那个声音。我觉得以前听过那个声音,可是却想不起是在哪里。

我到浴室，看着洗手台上头镜子里的自己。过去的种种往事在后头注视着我，我可以感觉到它们的重量压在我的肩膀上。我扭开热水，在莲蓬头下面站了良久，然后出来，用毛巾擦干，回到床上。

"你永远找不到她。你不可能带她回来。"

现在太晚了，或者该说太早，找不到人打电话说这事。我认识的人里头，唯一可能还没睡的是米克·巴卢，可是他现在大概已经醉得差不多了，而且我也没有他的电话。何况，我该跟他讲什么？

"忘掉那个女孩。"

我梦到的是保拉吗？我闭上眼睛，试图勾勒出她的影像。

再度醒来时已经是十点了，阳光亮眼。我起床穿衣服穿到一半，想起那个电话，一开始还不太确定整件事是不是真的发生过。我冲澡后用过的毛巾扔在椅子上，还有点湿，提供了具体的证据。我不是在做梦，有人打电话给我，逼我退出这个我已经放弃得差不多的案子。

我正在绑鞋带时，电话又响了起来。我警戒地喂了一声，然后听到薇拉说："马修吗？"

"哦，嗨。"我说。

"我吵醒你了吗？声音听起来不像你。"

"我刚刚有点戒备。"

"你说什么?"

"我半夜被一个电话吵醒,叫我别再寻找保拉·赫尔德特克。刚刚电话响起时,我还以为是同一个人打来的。"

"之前不是我打的。"

"我知道,那是个男的。"

"不过我承认我昨天晚上在想你,我以为会见到你。"

"我有点事情,忙到很晚,整夜有一半时间跑去参加一个戒酒聚会,剩下的泡在一家酒馆里。"

"很不错的平衡。"

"是吗?离开酒馆后,要打电话又太晚了。"

"你查到困扰埃迪的事情了吗?"

"没有,不过突然间,另一个案子又起死回生了。"

"另一个案子?你是指保拉?"

"对。"

"只因为有人打电话叫你放弃?那就给了你一个重新拾起这个案子的理由吗?"

"那只是一部分原因而已。"

德金说:"老天,米克·巴卢,那个'屠夫小子'。他是怎么扯进来的?"

"我不知道,我昨天晚上跟他泡了一两个小时。"

"真的?你这阵子真是改变太多了。你做了些什么,找他出来共进晚餐,看他用两只手吃饭?"

"我们在一个叫葛洛根的酒吧。"

"离这里几个街区而已,对吧?我知道那个酒吧,是个黑帮小酒馆,据说是他开的。"

"我想也是。"

"不过当然表面上他不能开,因为州政府不喜欢让重罪前科犯登记酒吧执照,所以一定要找个人出头。你们两个做了些什么,玩扑克牌?"

"喝东西和撒谎。他喝爱尔兰威士忌。"

"你喝咖啡。"

"可乐,他们没有咖啡。"

"那种猪窝,他们还有可乐算你走运了。他跟波莉有什么关系?不是波莉,保拉,他和她有什么关联?"

"我不确定,"我说,"不过他看到保拉的相片时,表情微微一震,然后几个小时后,有人打电话吵醒我,叫我放弃这个案子。"

"巴卢打的?"

"不,不是他的声音。我不知道是谁,猜到几个可能的人选,不过都不确定。乔,告诉我关于巴卢的事情。"

"讲什么?"

"据你所知,他是个什么样的人?"

"我知道他是个禽兽,我知道他属于他妈的监狱。"

"那为什么他没被关进去呢?"

"最坏的坏蛋永远能逃脱,没有确实的证据可以钉牢他们。你连个证人都找不到,就算找到,他也得了健忘症,不然就是失踪,他们失踪的方式很好笑。你听过那个故事吗?巴卢带着一个家伙的脑袋在城里到处招摇?"

"我知道那个故事。"

"那个人头或尸体从来没被找到过。不见了,没有线索,完毕。"

"他怎么赚钱?"

"不会是开酒吧。刚开始他帮一些意大利人办事,他块头大得像一栋房子似的,而且他一向是个凶悍的混蛋,他也喜欢这种工作。那些西区地狱厨房出来的凶悍爱尔兰人,向来都是去替人当打手。我猜巴卢这方面很行。比方说你跟一个放高利贷的借钱,结果拖了几个星期没还,这个大块头就会穿件沾血的围裙走向你,手上挥舞着屠刀。你该怎么办?告诉他下星期再来,还是会拿现金出来给他?"

"你说他曾经是重罪前科犯,到底是什么罪名?"

"伤害。那是很久以前了,我想他还不到二十岁吧。我非常确定他只被逮过这一次,我可以找找资料。"

"不重要,他一直都在当打手吗?"

他身子往后靠。"我不认为他现在还会去替人当打手，"他说，"你打电话给他，告诉他因为如何如何所以要打断某人的腿，我不认为巴卢会抓起一根大铁棒自己去办。不过他可能会派个人。他还做了些什么事？我想他从街上弄了点钱，赚点小外快。很多酒吧他也都有投资，不过这些听说来的狗屁永远不知道该信哪个。他的名字跟一大堆事情扯上关系，比如抢劫运钞车，几桩持枪抢劫。你记不记得几年前，五个持枪的蒙面客从富国银行抢走三百万？"

"不是逮到一个涉案的人吗？"

"对，可是还没等到有人问对他问题，他就意外死了。然后他老婆也死了，他某个女朋友也有关系，你永远猜不到她怎么了。"

"死了吗？"

"失踪了。还有其他几个人也失踪了，另外有两个，出现在肯尼迪机场外头停车场的汽车行李箱里。我们听说过谁谁谁是抢劫富国银行的蒙面客，不过在我们找到他们之前，就接到通知，说他在肯尼迪机场自己那辆雪佛兰车的后行李箱被发现。"

"那巴卢——"

"应该是主谋，不过只是传说，没人敢大声讲出来，因为你最后可能跟你的朋友亲戚一起死在机场的停车场。但据说，整件事情是巴卢设计运作的，而且他可能独吞了那三百万，因为没有一个活人分到。"

"他跟贩毒有关吗？"

"我没听说过。"

"卖淫呢？他是人口贩子吗？"

"那不是他的作风。"他打了个呵欠，用手梳了梳头发。"还有个家伙也叫'屠夫'的。如果我没记错的话，是布鲁克林的一个混混。"

"'屠夫'多姆。"

"就是那个。"

"混本森赫斯特一带的那个。"

"对，如果我没记错的话，是卡罗帮的人。大家叫他'屠夫'是因为他名义上是在屠宰工会做些幕后工作，他就是这么赚钱的，叫多米尼克什么的，我忘了姓什么，是个意大利的姓。"

"真的？"

"两年前被开枪打死了。在他这行，这叫自然死亡。重点是——大家虽然是因为他表面的工作而叫他屠夫，但不管怎么叫都一样，他就是个残忍的混蛋。曾经有个故事，有几个小孩去抢教堂，他活剥了他们的皮。"

"教他们点规矩。"

"是啊，他一定是个信仰虔诚的人。马修，我的结论就是，要是你碰到一个绰号叫'屠夫'，或'屠夫小子'，或他妈的什么人，那就是个该关进笼子里的禽兽，是个吃生肉当早餐的家伙。"

"我明白。"

"如果我是你，"他说，"我会找出我所能找到最大的枪，立刻跑去朝着他后脑勺开枪。要不然，我就他妈的离他远一点。"

大都会队回到纽约主场跟匹兹堡海盗队打周末三连战，昨天晚上赢了，而且看起来战绩遥遥领先。我打电话给薇拉，可是她家里有些杂事要做，对棒球也没有迷到要放下一切跑去看球的地步。吉姆·费伯在他的店里，答应六点前要给一个客户赶东西。我翻着我的电话本子，又打电话给两个在圣保罗认识的朋友，可是一个不在家，另外一个没兴趣去谢亚球场看球。

我可以待在家里看电视转播，全国广播公司挑了这场球当他们的本周球赛，可是我不想整天坐在家里。我有事情却不能去办，有些得等到天黑，有些得等过完星期天，而且我想出门去别的地方，而不是坐在家里看表。我努力思索可以找谁去看球，却只能想到两个人。

第一个是巴卢。我怎么会想到他，真是可笑。我没有他的电话，就算有也不会打，他或许不喜欢棒球，就算他喜欢，我也无法想象我们两个坐在球场，吃着热狗，对着裁判的判决大嘘特嘘。这只不过显示我们两个度过的前一晚，让我对两人之间的交情产生了某种幻想，才会立刻想到他。

另一个人是简·基恩。我不用查她的电话号码，拨了号之后响两声，在她本人或答录机接电话之前，我就挂断了。我坐地铁到时代广场，转了法拉盛线直达谢亚球场。门票卖光了，不过有一堆小孩站在门口卖黄牛票，奥贺达投出了三支安打，他的队友帮他得了几分。天气如常。新人杰弗里五个打数打出四支安打，包括一支二垒安打和一支全垒打，而且在左外野还接杀了一个凡·斯莱克所击出的飞得很低的平飞球，让奥贺达保持完封战果。

坐我右边那家伙说，他曾在威利·梅斯的新人球季去马球球场看过他打球，至今讲起来还很激动。他也是一个人来看球，九局从头到尾一直讲个不停，不过总比坐在家里看那些永远播不完的广告要好。坐我左边的人则是每局喝一瓶啤酒，一直喝到第七局球场小卖部不卖为止。他在第四局多喝了一瓶，补偿他泼在他鞋子和我鞋子上的那半瓶。坐在那儿闻着啤酒味很烦，然后我提醒自己，我有个平常身上不是苏格兰威士忌就是啤酒味的女朋友，而且我前一天晚上自愿跑到一个黑帮酒吧去闻走味的啤酒，还在那儿待了挺久的。所以如果我的邻座看到主场球队得分而喝点啤酒，我实在没有理由生气。

我自己吃了两个热狗，喝了一瓶根汁汽水，开场唱国歌和第七局伸懒腰时都站起来①,而且当奥贺达以一个很低的外角曲球让海盗队最后一个打者挥棒落空时,我也振臂欢呼。"他们在季后赛会横扫道奇队,"我的新朋友跟我保证,"不过碰上奥克兰就很难讲了。"

我稍早和薇拉约了吃晚饭,我回旅社刮胡子换衣服,然后去她那儿。她又把头发编起来了,盘在头顶,像个皇冠,我告诉她看起来很漂亮。

她厨房里还是放着那瓶花,花已经开尽了,有几朵花瓣都已凋谢。我告诉她,她说她想把花再多留一天。"把它们扔掉好像很残忍。"她说。

我吻她的时候,尝到她嘴里的酒味,我们在决定要去哪儿的时候,她喝了点苏格兰威士忌。我们两个都想吃肉,所以我建议去石瓦,那是在第十大道的一家牛排馆,中城北区和约翰·杰伊学院的很多警察都去那儿。

我们走去那儿,坐在靠近吧台的一张桌子旁。我没看到认识的人,不过有几张面孔好像有点印象,而且餐厅里的每个人看起来好像都像在值勤。如果有人笨到要来抢这个地方,一定会被一堆带左轮手枪的包围,我想这里至少有一半的顾客带枪。

---

① 美国棒球赛惯例是到第七局会休息片刻,播放棒球代表曲目《带我去看球》,让观众舒展筋骨。

我把这个想法告诉薇拉,她开始计算我们在双方交火时被射中的概率。"换作几年前,"她说,"我就不会坐在这种地方。"

"因为怕被流弹射中?"

"因为怕被故意射中。到现在我还很难相信,自己居然跟一个当过警察的人约会。"

"你跟警察有过很多不愉快吗?"

"这个嘛,我掉了两颗牙齿,"她说,指指那两颗在芝加哥被打掉而换过的上门牙,"而且我们老是跟警察起冲突。我们被当成间谍组织,可是我们老认为组织里有联邦调查局的人混进来。此外,我数不清有多少次,有联邦调查局的探员跑来盘查我,或者去找邻居长谈。"

"那一定活得很痛苦。"

"根本就疯掉了,可是离开组织又让我痛苦得要死。"

"他们不让你走?"

"不,不是那么回事。而是这么多年来,进步共产党给了我生命的全部意义,离开它,就好像承认那些年都浪费掉了。而且第一个我就会怀疑自己,我会觉得进步共产党是对的,我只是想逃避,就此失去改变世界的机会。你会一直想一直想,那是一个看到你自己成为重要一分子的机会,你将会站在新历史的最前端。"

我们悠闲地吃着晚餐,她点了牛排和烤马铃薯,我点了综合烤肉,我们还分享了一份凯撒沙拉。她一开始点了一杯苏格兰威士忌,然后喝红酒佐餐,我点了杯咖啡,又续杯。她叫咖啡的时候要求一小杯雅文邑白兰地配酒,女招待去问了吧台说没有,于是她改成干邑白兰地。想必不会太糟,因为她喝完又点了一杯。

账单上的数字有点吓人,她要各付各的,我没有太努力劝她打消念头。"其实,"她看着账单上的细目,"我应该付三分之二左右,还要更多,我喝了好多酒,而你只喝了一杯咖啡。"

"算了吧。"

"我的主菜也比你的贵。"

我叫她别再争了,然后我们平分了餐费和小费。出了餐厅,她想散步清醒一下。时间很晚了,街上乞丐不多,不过还是有几个。我给出去几块钱。那个罩着披肩眼神狂野的女人也拿到了一块。她手里还抱着婴儿,不过没看到她的其他小孩,我尽量不要去想那些小孩哪儿去了。

我们往市中心走了几个街区,我问薇拉是否介意在巴黎绿停一下。她看着我,开起玩笑来。"对一个不喝酒的人来说,"她说,"你实在逛了不少酒馆。"

"我想找个人谈点事情。"

我们穿过第九大道,走进巴黎绿,在吧台坐下。

那个有鸟巢大胡子的酒保不在,当班的人我不认得。他很年轻,一头茂密的鬈发,神情有点恍惚。他说他不知道该怎么联络其他酒保,我走进去找经理,跟他形容我想找的那个酒保。

"那是加里,"他说,"他今天晚上休假。明天再来,我想他明天晚上值班。"

我问他有没有加里的电话号码,他说他不能给。我又问他可否替我打个电话给加里,看他愿不愿意接我的电话。

"我真的没时间做这些事,"他说,"我在这里忙着经营餐厅。"

要是我还有警徽的话,他就会乖乖给我电话号码。如果我是米克·巴卢,我就带两个朋友回来,让他看看我们怎么把他餐厅的桌子椅子扔到街上。还有一个方法,我可以给他五块十块补偿他损失的时间,可是我不喜欢这样。

我说:"帮我打那个电话。"

"我刚刚说过——"

"我知道你刚刚说过些什么,要不你就帮我打电话,要不你就把那个他妈的电话号码给我。"

要是他拒绝的话,我真不知自己会怎么样,不过我的声音或表情一定让他改变心意了。他说:"等一下。"然后走到后头去,我走到薇拉旁边,她正在喝白兰地,她问我事情进行得怎么样,我说一切都没问题。

那个经理再度出现的时候，我走过去。"电话没人接，"他说，"这是电话号码，不信的话，你可以自己打打看。"

我接过他递给我的纸条。"干吗不信呢？我当然相信。"

他看看我，眼神警戒着。

"对不起，"我说，"我有点过分了，我道歉。这两天不太好受。"

他挥挥手走开。"嘿，没什么，"他说，"别在意。"

"这个城市。"我说，好像这样就可以解释一切。他点点头，好像的确如此。

后来他请我们喝一杯，我们从彼此敌对的紧张气氛中一起解脱出来，好像忘记当初的对立是我们自己制造的。我其实并不真想再喝一瓶巴黎水，可是薇拉又趁机喝起另一杯白兰地了。

我们刚走到外头，新鲜空气一吹，几乎让她当场倒下。她抓住我的手臂保持平衡。"我感觉得到最后那杯白兰地的酒力。"她宣布。

"不是吹牛。"

"你什么意思？"

"没事。"

她挣脱我，鼻翼闪亮，脸色一沉。"我好得很，"

她说，"我自己可以走回家。"

"放轻松，薇拉。"

"不要叫我放轻松，'吾比汝圣洁'先生，'吾比汝清醒'先生。"

她大步走下街道，我跟上去，什么都没说。

"对不起。"

"没什么。"

"你没生气？"

"没有，当然没有。"

回家的路上，她没再说些什么。到了她的公寓，她抓起厨房桌上那把枯萎的花，然后在地板上与花共舞。她低低哼着歌，可是我听不出音调，转了几圈后，她停下来开始哭，我把那束花从她手上拿开，放回桌上，我抱着她，她仍在抽泣。哭泣停止后，我放开她，她往后头走，开始脱衣服，然后把脱下来的衣服都扔在地板上。她脱得一干二净，然后直接走到床边躺下来。

"对不起，"她说，"对不起，对不起，对不起。"

"没关系。"

"不要离开我。"

我待到确定她已经沉睡，然后出门回家。

早上我试了加里的电话,响了很久没人接,也没有答录机。早餐后又试了一次,结果还是一样。我出去散了老半天步,回旅馆又试了第三次。我把电视打开,可是所有节目不是经济学家在谈贸易赤字,就是福音节目在谈末日审判。我把电视关掉,然后电话响了起来。

是薇拉。"我应该早点打电话给你的,"她说,"可是我想先确定自己还能活下去。"

"今天早上很难受吧?"

"老天,我昨天晚上很离谱吧?"

"没那么糟。"

"你怎么说都没关系,而且我也不能证明你是错的。我已经不记得后来怎么样了。"

"呃,后来你有一点意识不清。"

"我记得在巴黎绿喝了第二杯白兰地,我记得当时还告诉自己,不必因为酒是免费的就非喝不可。那个经理招待了我们一杯饮料,是吧?"

"是这样没错。"

"搞不好他在里头放了砒霜。我简直希望他真的放了。之后的事情我就不记得了。我是怎么回家的?"

"走回去的。"

"我变得很讨人厌吗?"

"别担心那个了,"我说,"当时你喝醉了,而且失去记忆。你没有吐,也没有打人,或说什么不该说的话。"

"你确定吗?"

"确定。"

"我恨我自己失去记忆,我恨我自己失去控制。"

"我知道。"

我以前一直很喜欢星期天下午在苏荷区的一个戒酒聚会,可是我已经好几个月没去过了。以前我会和简共度星期六,我们会一起逛画廊,出去吃晚餐,然后我在她那儿过夜,次日早上,她会做一顿丰盛的早午餐。我们四处走走,逛逛街,时间一到,我们就一起去参加那个戒酒聚会。

我们不再见面之后,我也没再去过那个聚会。

我坐地铁到市中心,在春日街和西百老汇大道逛了一大堆商店。苏荷区大部分的画廊星期天都不开门,不过有几家照常开放,有个展览我喜欢,是写实风景画,全都是中央公园。大部分画都只有草、树和公园长椅,背景里没有模糊的建筑物,然而无论画面表现得多么宁静、多么绿意盎然,你还是看得出明显的城市环境。这位画家不知怎的能把城市顽强的能量渗透到那些油画里,我永远猜不透他是怎么办到的。

我到了聚会的地方,简在那儿。我努力把注意力集中在见证上头。到了休息时间,我坐到她旁边的位子。

"真滑稽,"她说,"我今天早上才想到你。"

"我昨天差点打电话给你。"

"哦?"

"想问你要不要去谢亚球场。"

"真有趣,我看了那场比赛。"

"你去球场了?"

"看电视转播,你真的差点打电话给我?"

"其实我打了。"

"什么时候?我一整天都在家。"

"响两声我就挂断了。"

"我记得那通电话,我还在奇怪是谁打来的,事实上——"

"你猜到可能会是我?"

"嗯,那个念头掠过我心里,"她眼睛盯着放在膝盖上的手,"我想我不会去的。"

"去看球?"

她点点头:"不过很难说,不是吗?我不知道我会怎么回答你。你会怎么说?我又会怎么答?"

"聚会后要不要一起去喝杯咖啡?"

她看着我,然后目光移开。"哦,我不知道,马修,"她说,"我不知道。"

我刚开始说一些事情,主席就拿着一个玻璃烟灰缸敲敲桌子,表示聚会要重新开始了,我回到原来的座位。聚会最后,我举手,被叫到后,我说:"我名叫马修,我是个酒鬼。过去两个星期,我花了很多时间和喝酒的人在一起。有些是因为职业需要,有些是社交需要,至于哪个是哪个就不太容易说清楚了。前几天晚上我花了一两个小时在一个酒吧里,和一个人闲聊,就跟以前一样,唯一不同的只是我喝的是可乐。"

我又讲了一两分钟,想到什么就讲什么。然后有人又举手被叫到,谈起她住的那栋建筑要变成合作公寓了,而她看不出来自己哪里有办法供得起现在住的那户公寓。

祈祷完,我们把椅子放回角落堆起来,然后我问简要不要去喝咖啡。"我们几个人要去街角一家店,"她说,"你要不要一起来?"

"我以为只有我们两个。"

"这样不太好吧。"

我说我陪她走到那儿,我们可以在路上谈。可是走到外头下了阶梯,我又想不起原先想跟她讲什么,于是我们静静地走了一段路。

"我想念你。"我在心里说了几回,最后我终于大声说出来。

"是吗?有时我也会想念你,有时我会想到我们两个,觉得很伤心。"

"是啊。"

"你在跟别人交往吗?"

"一直没兴趣,一直到大概上个星期。"

"然后?"

"我陷进去了。不是刻意的,我想事情就是那样发生了。"

"她不是戒酒会里的人?"

"当然不是。"

"意思是,她应该参加吗?"

"我不知道谁该参加。反正不重要,反正我们也不会有结果。"

过了一会儿,她说:"我想我会害怕花很多时间跟一个喝酒的人在一起。"

"这样的害怕或许是健康的。"

"你认识汤姆吗?"我试图搜寻回忆,她一直在跟我描述一个市中心匿名戒酒会的长期会员,我却始终想不起来。"总之,"她说,"他戒酒二十二年了,一直参加聚会,当一大堆人的辅导员,诸如此类的。结果他去巴黎度假三个星期,有天走在街上,和一个很漂亮的法国女孩聊起天来,她说:'想不想喝杯葡萄酒?'"

"他怎么说?"

"他说:'有何不可?'"

"就是这样。"

"就是这样，戒了二十二年，参加过天知道几千次聚会。'有何不可？'"

"他后来恢复戒酒了吗？"

"好像办不到。他戒了两三天，然后又出去喝酒。他现在看起来很可怕，他也醉不了多久，因为他的身体禁不起这样喝。两三天后，他就进了医院。可是他没办法戒掉，后来他来参加聚会，我根本不敢看他，我想他搞不好快死了。"

"潮流最前端。"我说。

"什么意思？"

"只是某个人说过的某件事。"

我们转到街角，到了她和朋友约好要碰面的咖啡店。她说："你不进来一起喝杯咖啡吗？"我说不要了，她也没有试图说服我。

我说："我希望——"

"我知道，"她说，伸手握住我的手。"事实上，"她说，"我想我们将来或许能相处得更轻松一些，但是现在太快了。"

"显然如此。"

"那一段太伤心了，"她说，"伤害太深了。"

她转身走进咖啡店。我站在那儿，看她进门。然后开始散步，没注意我走到哪儿，也不在乎去哪儿。

我一从沉湎的情绪中回过神来，就立刻找了个公共电话打给加里,没人接电话。我搭了地铁往上城,走到巴黎绿,发现他在吧台后面。吧台是空的,不过旁边有几桌客人在吃迟来的早午餐。我看着他调了两杯"血腥玛丽",然后又在两个郁金香形的高脚杯里,加了一半柳橙汁和一半香槟。

"这是'含羞草',"他告诉我,"完全不配,加起来的味道不如分开喝。要我的话,要么就喝柳橙汁,要么就喝香槟,可是不要把两样加在同一个杯子里。"他拿出一块抹布擦擦我前面的吧台。"喝什么?"

"有没有咖啡?"

他叫了一个招待送杯咖啡到吧台来,然后凑近我:"布赖斯说你在找我。"

"那是昨天晚上。之后还打过几次电话去你家。"

"哦,"他说,"我恐怕得告诉你,昨天晚上我根本没回家过夜。感谢上帝,这世界上还有女人愿意把一个可怜的酒保当成浪漫偷情的对象。"他胡子后面的嘴巴露出一个大大的笑容。"如果你找到我的话,你会说什么?"

我把心里的想法告诉他。他听着,点点头。"没问题,"他说,"我可以去做。不过,我今天的班是到晚上八点,还有好久,可是现在找不到代班的人。除非——"

"除非怎样?"

"你要不要客串酒保?"

"不了，"我说，"我八点左右再来找你。"

我回到旅社，试着看接近尾声的美式橄榄球赛，可是坐不住。我出门逛逛，走着走着才发现自己早餐后就没吃过东西，然后在一个比萨摊子停下来，在买的比萨里加了一大堆碎辣椒，希望吃了能让自己振作一点。

离八点还有几分钟的时候，我回到巴黎绿，边喝可乐边等加里清点现金和支票办理交班。我们一起走出去，他又问了我一次那个地方的店名，我告诉了他，他说没听过。"不过我很少去第十大道，"他说，"葛洛根开放屋？听起来像个典型爱尔兰酒吧。"

"差不多。"

我们复习一遍我要他做的事，然后我待在对街，他缓步走向葛洛根的前门，进去。我站在人行道上等着，时间慢慢过去，我开始担心有什么不对劲，说不定我把他推进了一个危险的境地，如果换了我自己去会不会更糟。正想到一半，店门推开了，他走出来。他把手插在裤口袋里，慢悠悠地走着，看起来简直快活得不真实。

我配合着他的速度走了半个街区，然后过马路到他那一边。他说："我认识你吗？暗号是什么？"

"认出什么人了吗？"

"嗯，没问题，"他说，"之前我不确定还能认得他，可是看一眼我就认出来了。而且他也认得我。"

"他说什么?"

"没说什么,只是站在我面前等我点酒。我没表示我认得他。"

"很好。"

"可是,你听我说,他也没表示他认得我,但我看得出来,他偷偷望向我这边的样子。哈!做贼心虚,是这么说没错吧?"

"一般是这么说。"

"那家小店不错,我喜欢他们的瓷砖地板还有暗色木头,我喝了一瓶竖琴牌麦酒,然后边喝第二瓶,边看两个家伙射飞镖。其中有一个,我敢说他一定大半辈子都在当比萨斜塔,我老想着他快摔到地板上了,可是他没有。"

"我知道你在讲谁。"

"他喝健力士啤酒。那种味道对我来说太重了。我想可以掺点橙汁喝。"他打了个寒战说:"不晓得待在那种地方是个什么样子,唯一的调酒就是苏格兰威士忌加水,偶尔调杯伏特加掺汤力水。一辈子可能都不会听到有人点杯'含羞草',或者'哈维撞墙',或者'西克利·迪克利·台克利'①随便什么的。"

"那是什么鬼?"

"你不会想知道的。"他又打了个寒战。我问他在

---

① "哈维撞墙"和"台克利"均为鸡尾酒名。

那儿有没有认出其他人。"没有,"他说,"只有那个酒保。"

"他就是你提过以前跟保拉在一起的那个人。"

"用葛洛根那些家伙的话来说,'就是那小伙子本人'。"他又再度沉思起来,想象待在一个简单、诚实的酒吧里工作的欢欣,那儿没有羊齿植物盆景装饰,也没有正经八百的雅皮。"当然啦,"他提醒自己,"那里的小费很少。"

这也提醒了我。我先前已经准备好一张纸钞,这会儿我掏出来,递给他。

他怎么都不肯拿。"你给我的生命带来一点点小刺激,"他说,"我付出了多少?十分钟和两瓶啤酒的代价?有一天我们坐下来,你就可以告诉我整件事情的结果,甚至连啤酒都可以让你请,够公平吧?"

"够公平。可是事情不见得都有结果,有时候就是成了悬案。"

"我愿意赌一下。"他说。

我晃荡了十五分钟,然后独自回葛洛根。我没看到米克·巴卢,安迪·巴克利在店后头射飞镖,尼尔站在吧台后。他穿得跟星期五晚上一样,黑红法兰绒衬衫外罩皮背心。

我站在吧台前,点了一杯不加味的苏打水。他端来的时候,我问他巴卢有没有来。"他早些时候来过，"他说，"稍晚可能会来。你要我跟他说你在找他吗？"

我说没关系。

他走到吧台尾端。我喝一两口苏打水，不时朝他那儿看一眼。做贼心虚，这是加里的说法，看起来是如此。原先很难确定是他的声音，前两天凌晨打来的那个人哑着嗓子，接近耳语，可是我猜出是他。

我不知道自己还能挖出多少，或者根据目前所知道的去做些什么。

我站在那儿一定有个半小时了，他就一直待在吧台尾端。我离开时，那杯苏打水还很满，离杯口不超过半英寸。他之前忘了跟我收钱，我也没留小费给他。

德鲁伊城堡的经理说："哦，对，尼尔，尼尔·蒂尔曼，没错。他怎么了？"

"他在这里工作过？"

"工作了大概六个月，大概是春天时离开的吧。"

"所以他曾和保拉一起在这儿工作？"

"我想是吧，不过没查过我不敢肯定。资料在老板办公室，现在锁着。"

"他为什么会离开？"

他犹豫了一下。"这里的人来来去去，"他说，"我们的员工更替频率很惊人。"

"你们为什么会请他走人？"

"我没说是我们开除他的。"

"可是事实如此，不是吗？"

他不自在地说："我不想谈。"

"他有什么问题？他私生活有问题吗？还是偷吧台的钱？"

"我真的觉得不该谈。如果你明天白天来，或许可以问问老板。可是——"

"他可能是个嫌疑犯，"我说，"可能是一宗杀人案。"

"她死了吗？"

"现在看起来有点像了。"

他眉头紧锁："我真的什么都不该说的。"

"你的谈话不会列入记录。只是我自己调查而已。"

"信用卡，"他说，"没有确实的证据，这就是为什么我不肯说。不过看起来好像是他伪造顾客的信用卡消费记录。我不知道他动了什么手脚、怎么动的，不过事情不太对劲。"

"你们开除他的时候怎么跟他说？"

"不是我开除的，是老板。他告诉尼尔，他不适合在这儿工作，尼尔也没有争辩。看起来很像是承认有罪，你不觉得吗？他在这儿做了这么久，不会没有原因就开除他的，可是他没问原因。"

"保拉是怎么被扯进来的？"

"保拉也介入了吗？我不知道她也有份。她是自己要走的，没人开除她，而且我很确定我们开除尼尔后,她还在这儿继续做。如果她曾经和他共事——呃，他们可能共事过，不过不是走得很近，没见过他们在角落说悄悄话之类的，反正我从没想过他们两个在交往。没有人说闲话，我当然也不会刻意去打听。"

接近午夜时，我带着两杯咖啡隔着马路守在葛洛根对面。我找到一个门口坐下来，喝着咖啡，看着对面。我想我在那儿不会太醒目，很多门口都有人，有些站着，有些躺着，我比大部分人都穿得好，不过不是比每一个都好。

比起站在那儿等加里时，现在时间走得快一些。我的心绪漂荡，努力想解开一个谜团。十来分钟过去了，我还是牢牢盯着葛洛根的门口。监视时，你必须让自己的思绪漫游，否则会无聊得发疯，可是你又得学着收心，这样当你看到应该注意的事情时，才能让心绪回到原点。偶尔有人进出葛洛根酒吧，都会把我从白日梦中拖回来，去注意进出的是些什么人。

有几个人同时离开，几分钟之后，门打开了，又有四五个人走出来。这两批人里头，我唯一认得出的只有安迪·巴克利。第二批人走掉之后，门又关了起来。过了几秒钟，店里的顶灯都熄了，只剩下昏暗的光影。

我过了街，正对那儿站着，现在可以看得更清楚了，不过也靠店门口更近，要躲开就更困难了。看起来尼尔在里面忙，做些关门前该做的事。当门打开时，我往后缩一点，他拖着一个大垃圾袋走到街上，丢进一个绿色的垃圾拖车箱。然后他回到店里，我听到上锁的声音，声音很模糊，不过就算隔着一条街，只要留心还是听得见。

时间又慢吞吞地过去了一点，门又一次打开，他走了出来。他把铁门拉下来锁住。店里依然有模糊的光影，显然那些灯是为了安全起见而整夜开着。

他把所有挂锁都锁上之后，我站起身，准备跟在他后面。如果他招出租车，那我就不跟了；如果他去坐地铁，那我大概也算了；可是我猜他很有可能是住在附近，而他如果是走路回家，要跟踪他就不会太难了。我之前在曼哈顿的电话簿上没查到他的名字，所以想知道他住在哪里，最简单的方法就是让他带我去。

我不确定找到他住的地方该怎么办，或许要靠耳朵吧。说不定我可以在他公寓门口拦下他，看他会不会说出什么来；说不定我可以等到他不在的时候，想办法进他公寓里。不过首先，我得跟踪他，看看他住在哪儿。

没想到他哪儿都没去，就站在那儿，跟我一样躲在门口，冷得缩着肩膀，两手圈住嘴哈着气。我没那么冷,不过他只穿了背心和衬衫。

他点了一根烟,抽到一半就扔了,烟滚到人行道边,拉出几星火花。火熄了之后,第十大道上一辆往上城方向的汽车右转,停在葛洛根门口,挡住了我的视线。那是一辆加长型的银色凯迪拉克。车子的玻璃都是暗的,我看不到开车的人,也不知道里面坐了几个人。

有一会儿我以为会听到枪声大作,我以为枪响之后,车子会飞快开走,然后我会看到尼尔抱着肚子倒在人行道上。可是这一切都没有发生,他跑到车旁,乘客座旁边的车门打开,他上了车,关上车门。

凯迪拉克开走了,只剩下我一个。

我淋浴时就觉得听到了电话铃响,出来时又响了。我在腰间围了一条浴巾跑去接。

"斯卡德吗?我是米克·巴卢,我吵醒你了吗?"

"我已经起床了。"

"好家伙。现在很早,可是我得见你。十分钟之内行吗?就在你旅社门口怎么样?"

"最好是二十分钟。"

"你就尽早吧,"他说,"我们可别迟到了。"

迟到什么?我迅速刮胡子,穿上西装。我一夜没睡好,一直在做梦,梦里都是监视门口和路过的汽车朝外开枪。现在是早晨七点半,而"屠夫小子"约我见面。为什么?做什么?

我打好领带,抓了钥匙和钱包。楼下大厅没有人在等,我走到外头,看到车子停在街边,就在旅社门口的消防栓前面,是那辆银色的大凯迪拉克。车窗都是暗色玻璃,可是这回我可以看见他坐在方向盘后面,因为他把乘客位置旁的车窗摇了下来,身子探过来向我招手。

15

我穿过人行道,打开车门,他穿了一件白色的屠夫围裙,脖子以下都遮住了。白色棉布上有铁锈色的污渍,有些还很鲜艳,有些漂白过已经褪色了。

我发现自己不太确定跟一个穿这种围裙的人同车是否明智，不过他的态度让我没有理由害怕。他伸出手来，我跟他握了一下，然后上车，把门关上。

他把车子驶离路边，开向第九大道的街角，停下来等绿灯。他又一次问是不是吵醒了我，我说没有。"原先你们前台的人说电话没人接，"他说，"可是我叫他再接上去试试看。"

"我在洗澡。"

"可是你晚上睡了吗？"

"只睡了几小时。"

"我还没上床呢。"他说。绿灯亮了，他抢在车群前头很快地左转，然后到了第五十六街不得不又在红灯前面停下来。今天是阴天，空气让人感觉得出来快下雨了，透过暗色车窗，天空看起来更阴晦。

我问他要去哪儿。

"屠夫弥撒。"他说。

我脑袋里冒出一些怪邪的异教仪式，人们穿着沾血的围裙，挥舞着屠刀，献祭一头小羊。

"在圣伯纳德教堂，你知道那个地方吗？"

"第十四街？"

他点点头："那儿的礼拜堂每天早上七点钟有个望弥撒的仪式。八点时左边小房间有另外一个弥撒，只有几个人参加。以前我父亲每天早上工作前都会去，有时也带着我。他是个屠夫，在那儿的市场工作，这件就是他的围裙。"

绿灯亮了,我们又转了个弯上了大道。有时候绿灯闪了,他就放慢速度,看看左边,再看看右边,然后闯过去。中途碰上往林肯隧道的交叉路口,不得不停下来,之后便一路顺畅开到第十四街左转。圣伯纳德教堂在北侧第三个街区,他在门口停了一会儿,然后开到一家葬仪社的店前,那儿的人行道前面有营业时间禁止停车的标志。

我们下了车,巴卢朝葬仪社里面某人挥挥手。招牌上写着"图米父子",所以我猜图米或他的某个儿子也在挥手。我跟着巴卢走上石阶,通过大门进入教堂。

他带着我从一个侧廊进入左边一个小房间,那儿有十来个望弥撒的人占据了前面三排折叠椅。他在最后一排坐了下来,指指旁边的位子要我坐下。

接下来几分钟,又有五六个人进来。房间里有几个老修女、两个老太太、两个穿西装的男子、一个穿橄榄绿工作服的男子,还有四个跟巴卢一样穿着屠夫围裙的男子。

到了八点,神父进来了,他看起来像菲律宾人,讲英文有轻微的口音。巴卢替我打开一本书,告诉我如何跟着仪式进行。我跟着其他人一起站起来,一起坐下,一起跪着。中间念了一段《以赛亚书》,一段《路加福音》。

领圣餐的时候，我没有离开位置，巴卢也是。除了一名修女和一个屠夫之外，其他人都吃了圣餐的小圆饼。

整个仪式没有花太多时间，结束后，巴卢大步走出房间，一路走到教堂外，我跟在后面。

到了人行道上，他点了根烟，说："我父亲以前每天早上去工作前都会来。"

"你提过。"

"以前是用拉丁文的，现在改讲英文，就没那种神秘感了。不知道他从望弥撒中得到些什么。"

"你又得到些什么？"

"我不知道，我不常来。一年或许来个十次、十二次，我会连续来个三天，然后又一两个月不来。"他又深深吸了一口烟，然后把烟蒂丢在地上。"我不会去告解，也不领圣餐，不祈祷。你相信上帝吗？"

"有时候。"

"有时候，那就不错了。"他抓住我的手臂。"来，"他说，"车子停在那儿没问题，图米会看着，不会让人拖走，也不会被开罚单。他认识我，也认识那辆车。"

"我也认得那辆车。"

"怎么会？"

"我昨天晚上见过，还记得车号，本来打算今天去查的，现在不用了。"

"反正也查不到什么，"他说，"我不是车主，登记的是另外一个人的名字。"

"葛洛根的执照登记的也是另外一个人的名字。"

"没错。你在哪儿看到这辆车的？"

"昨天一点多在第十五街。尼尔·蒂尔曼上车后，你就开走了。"

"当时你在哪里？"

"在对街。"

"在监视？"

"没错。"

我们在第十四街往西走，穿过哈得孙街和格林威治大道后，我问他要去哪里。"我整夜没睡，"他说，"我得喝一杯。屠夫弥撒之后，除了屠夫酒吧之外，还能去哪里？"他看着我，有什么东西从他那绿色眼珠里一闪而过。"你可能会是那里唯一穿西装的。生意人也会去那儿，可是不会这么早。不过没关系，切肉的贩子心胸宽大，不会有人拿这个来为难你的。"

"很高兴听到你这么说。"

现在我们走到了肉类贩卖区，马路两旁都是市场和包装工厂，许多和巴卢一样穿着屠夫围裙的人从大卡车上把动物躯体搬下来，吊在头顶的挂钩上。空气中死肉的腥臭味很浓，把卡车排出的废气味都盖住了。朝街道的尽头望去，可以看到乌云笼罩着哈得孙河，还有对岸新泽西州高耸的公寓。可是整个景象给人的感觉,就好像那种旧时代的延续一样,那些卡车如果改成马车的话,就跟十九世纪没有差别。

他带我去的那家店在第十三街和华盛顿街的街角。招牌只写着"酒吧",即使以前还有别的字,现在也无从得知了。那是个小房间,地板上到处撒着锯木屑。墙上挂着一张三明治菜单,还有一壶煮好的咖啡。看到咖啡让我很高兴,现在喝可口可乐有点嫌早了。

酒保是个壮汉,留着平头,还有浓密的小胡子。有三个人站在吧台里,其中两个穿着屠夫围裙,上面都有很多血迹。店里还有六张暗色木头的方桌,都是空的。巴卢跟吧台要了一杯威士忌和一杯黑咖啡,然后带我到离门最远的那张桌子。我坐下,他也坐下,然后看看自己的杯子,觉得酒太少了,又返回吧台,带着整瓶酒回来。那是尊美醇牌爱尔兰威士忌,不过不是他在自己店里喝的那种陈年的。

他的大手掌包着杯子,然后拿起来,做了一个无言的举杯手势。我也会意地举高我的咖啡杯。他喝了半杯威士忌,对他来说,那效果一定就像喝水一样。

他说:"我们得谈谈。"

"好啊。"

"我在看那个女孩的照片时,你就知道了,对吧?"

"我知道一些。"

"想击中我的要害,那可真办到了。你跑进来跟我谈可怜的埃迪·邓菲,然后我们又聊了一堆该死的事情。对吧?"

"没错。"

"我本来觉得你真是个阴险的混蛋,跟我兜了一大圈,然后把她的照片扔给我。但不是那么回事,是吧?"

"嗯。我根本没把她跟你或尼尔连在一起。我只是想知道埃迪心里到底有什么事情。"

"我没理由隐瞒。我不知道他妈的埃迪任何事,或者他心里在想什么,或者他做过什么。"他喝完剩下的威士忌,把杯子放在桌上。"马修,我得这么办,我们进厕所,让我确定你没戴窃听器。"

"老天。"我说。

"我不想拐弯抹角,我想把心里的话痛痛快快说出来,可是除非知道你没搞鬼,不然我是不会说的。"

厕所又小又湿又臭,两个人一起进去太挤了,所以他站在外头,让门开着。我脱掉外套、衬衫和领带,然后把裤子松开放低,他一直为这一切的无礼而道歉。我穿衣服时,他替我拿着外套,我慢吞吞地把领带打好,然后从他手中接过外套来穿上。我们回到桌边坐下,他又在酒杯里倒了些威士忌。

"那个女孩死了。"他说。

我心里有些东西被落实了。我已经知道她死了,已经感觉到也推测到了,可是事实上,我还抱着期望。

我说:"什么时候?"

"七月,我不知道日期。"他抓住杯子,可是没有举起来。"尼尔来我那儿工作前,在一家观光客餐厅当酒保。"

"德鲁伊城堡。"

"你当然会知道那个地方。他在那儿搞过鬼。"

"信用卡。"

他点点头:"他来找过我,我让他去跟另外一个人联络。那些小小的塑料卡很有赚头,不过不是我喜欢的生意。都是些虚无缥缈的数字,你根本没法下手。不过从各方面来讲,那都是个不错的生意。后来他被餐厅抓到,他们要他走人。"

"他就是在那儿遇见保拉。"

他点点头:"她也跟他一起牵涉在里面。她把信用卡拿去收银机那边时,会在她自己的机器上先留下印子,或者餐厅会把作废的副本交给她撕掉,她就留下来交给尼尔。尼尔被炒鱿鱼之后,她还待在那儿,替他弄信用卡的副本,他找了几个女孩在不同的地方替他办这事。可是后来她辞职了,她不想再端盘子了。"

他端起酒杯喝了一口。"她搬去跟他住在一起,保留着原来的房间,这样她父母就不知道她去哪儿了。他工作的时候,她偶尔也会来酒吧找他,不过通常她会等到下班再来接他。他不单纯是酒保而已。"

"他还在弄信用卡的勾当？"

"没了，他四处晃，你知道，可以找很多事情做。你可以告诉他某个车的厂牌和车款，他就会帮你偷一辆来。他跟一些小混混偷过几次车，也很有赚头。"

"我相信是。"

"这些细节不重要，他做那些事情做得还不错，你知道，可是他跟她在一起，我就不放心了。"

"为什么？"

"因为她不是那块料。她跟在旁边，可是她不属于这个圈子。她父亲是做什么的？"

"卖日本车。"

"不是赃车吧？"

"我想不是。"

他打开瓶盖，举起来，问我还要不要添咖啡。

"我这样很好。"我说。

"我也应该喝咖啡。不过要是这么久没睡觉，威士忌对我来说就跟咖啡一样，可以提神，让我保持清醒。"他倒满酒杯。"她是个来自印第安纳州新教徒家庭的好女孩，"他说，"她偷过东西，可是只是为了刺激。你不能指望这种人，那几乎就跟一个男人为了寻求刺激而杀人一样。好小偷不会为了刺激而偷，他是为了钱而偷。而最好的小偷则只因为他是个小偷而偷。"

"保拉怎么了？"

"她听到了一些她不该听的事情。"

"什么事？"

"你不必知道，噢，这又有什么差别？曾经有些拉丁美洲的混蛋成包成包地走私海洛因来卖，然后有个人开枪把这些家伙他妈的全打死，抢走他们的钱。报上登过，其实消息都错了，可是或许你还记得。"

"我记得。"

"他安排她去农场，我在阿尔斯特县有个农场，登记的是别人的名字，不过那是我的，就像车子和葛洛根都是我的一样。"他喝了口酒，又说："我他妈的什么都不拥有，你相信吗？有个家伙让我开他的车，另一个让我住在他登记租来的公寓里。还有一对夫妇，祖先来自爱尔兰的韦斯特米斯县，他一向喜欢乡下，他和老婆住在那儿，房地产契约也是登记他的名字，他在那儿挤牛奶、喂猪，他老婆在那儿养鸡、捡蛋，可是我随时高兴就可以跑去住。如果有国税局的混蛋想知道我的钱从哪里来——为什么？什么钱？我拥有什么得用钱买的东西吗？"

"尼尔和保拉在那个农场。"我打断他。

"每个人都放松了，讲话没有顾忌，于是她听到太多要命的事情。而且她不会保密，你知道。如果任何人去问她问题，她就变成那来自印第安纳传统保守的新教徒女孩，然后你知道的，她会告诉对方一切。所以我就告诉尼尔得摆脱她。"

"你命令他杀掉她?"

"我见了鬼才会下这种命令!"他把酒杯"砰"的一声放在桌上,一开始我还以为他是因为我所提的问题而生气。"我从没叫他杀她,"他说,"我说他应该让她离开纽约,如果她不在这儿,就不会构成威胁。她回印第安纳的话,就不会有人去问她问题,警察和那些他妈的意大利佬也不会去找她。可是要是她待在这儿,你知道,总有一天会出问题。"

"可是他搞错了你的意思?"

"没有。因为他后来告诉我一切都搞定了,她已经搭飞机回印第安纳波利斯,我们再也不会看到她。她已经办好手续退掉那个房间,正在回家的途中,而且一切都清理干净,不必再担心她了。"他再度拿起他的酒杯,又放下,然后往前推了几英寸。"前几天晚上,"他说,"当我把你给我的名片翻过来,看到她的照片,我才改变原来的想法。因为既然她已经回家了,怎么会有人受她父母之托到处在找她呢?"

"怎么回事?"

"我就是这么问他的。'怎么回事,尼尔?如果你已经把那个妞儿送回家,她父母怎么会雇人来找她?'他说她已经回印第安纳了,可是没留在那儿。她马上又搭上飞往洛杉矶的飞机,去好莱坞碰运气。我问他,那她难道都没打电话给她父母吗?好啦,他说,或许她在那儿出了什么事,或许她嗑药,或者堕落了。总之,她在这里就想找寻刺激的生活,所以她可能在那儿也是如此。我知道他在撒谎。"

"嗯。"

"可是我也就算了。"

"他打过电话给我,"我说,"应该是星期六凌晨吧,很早,或许就在葛洛根打烊后几小时。"

"我那天晚上跟他谈过。我们锁上门关了灯,喝着威士忌,然后他告诉我,她去好莱坞想当电影明星。后来他又打电话给你吗?他说了什么?"

"叫我不要再找她了,我只是在浪费时间。"

"蠢小子,打什么白痴电话。这只不过是让你知道你有点收获了,对不对?"

"我已经知道了。"

他点点头:"全是我不打自招的,对吧?但我压根不知道我说漏了什么,还真以为她回印第安纳老家了。那个城市叫什么名字来着?"

"曼西。"

"曼西,就是那儿。"他看着手上的威士忌,然后喝了一口。我很少喝爱尔兰威士忌,但此刻我忽然回忆起那种味道了,不像苏格兰威士忌那么冲,也不像波本那么顺。我喝光杯里的咖啡,好像在服解药似的一口吞下。

他说:"我知道他在撒谎。我给他一点时间消除紧张,然后昨天晚上,我载他往城北方向走了好远,接着把事情全给问清楚了。我们到埃伦维尔那个农庄去，他就是把她带到那儿的。"

"什么时候？"

"七月的什么时候吧。他说，他带她去那儿一个星期，想在她回老家之前好好招待她一下。他说，他给了她一点可卡因，结果她的心跳就停止了。他说，她没吸食那么多，可是可卡因很难讲，偶尔不小心就可能会送你上西天。"

"她就是这样死的？"

"不是，因为这个混蛋还在撒谎。后来他又改变说法，说他带她去农场，告诉她为什么她必须回家。结果她拒绝了，当时她喝醉了，又生气，就威胁说要去找警察，而且吵得很大声。他担心吵醒照管农场的那对夫妇，想让她安静下来，揍她揍得太用力了，结果她就死了。"

"可是这也不是实情，"我说，"对吧？"

"嗯。因为他干吗开车带她到一百英里之外，告诉她说她必须搭飞机离开？老天，撒这种蹩脚的谎！"他露出狞笑，"可是，你知道，我不必读他的权利给他听。他没有保持沉默的权利，也没有请律师的权利。"他的手不自觉地摸到他围裙表面的一块暗色污渍上。"他说了。"

"说些什么？"

"他带她去那儿，杀了她，那是当然。他说她绝对不会答应回家的,他听她说过,她只是发誓她一定会保守秘密。他带她去农场,把她灌醉,然后带她到外头,在草地上跟她做爱。他把她的衣服脱光,和她一起躺在月光下。办完事后,她还躺在那儿,他就拿出一把刀给她看。'这是什么?'她说,'你想干什么?'然后他就刺死了她。"

我的咖啡杯空了,我拿着杯子到吧台让酒保加满。踩在地板上,我想象着脚下的锯木屑都渗了血。我觉得自己看得见闻得到那些血。可是我唯一看见的,只不过是泼出来的啤酒,而我闻到的,也只不过是外头飘进来的肉味而已。

我回到座位时,巴卢正在看我前几天给他的那张照片。"她真是个俏妞儿,"他淡淡地说,"本人比照片漂亮,活泼得很。"

"生前是这样。"

"没错。"

"他把她丢在那儿吗?我想安排把她的尸体送给她父母处理。"

"不行。"

"有一个方法不会引起调查。我想如果我跟她的父母解释,他们应该会合作。尤其是如果我告诉他们,正义已经得到伸张。"这些话听起来很做作,不过的确出自真心。我凝视着他说:"正义的确已经得到伸张了,是吧?"

他说:"正义?正义被伸张过吗?"他皱起眉头,盯着威士忌思索着。"你这个问题的答案是,"他说,"是的。"

"我也是这么想。可是尸体——"

"你不能拿走,老兄。"

"为什么不行?他没说埋在哪里吗?"

"他根本没埋掉。"他放在桌上的一只手握成拳头,指节都泛白了。

我等着。

他说:"我告诉过你农场的事情。它在乡下,那里的两夫妻姓奥马拉,他们很喜欢做农场的事情。太太很会种菜,到了夏天他们就会不断给我很多玉米和西红柿,还有西葫芦,他们总是要硬塞西葫芦给我。"他的拳头松开,掌心朝下按着桌子。"他养了些牲畜,二十来头荷尔斯泰因奶牛。他靠卖牛奶赚钱维生。他们也想送我牛奶,可是我要牛奶干吗?不过他们的鸡蛋真不错。他还养了些土鸡。你知道这代表什么吗?这代表他们得辛辛苦苦才能维生。老天,我想这对他们有好处。那些蛋黄都是深黄色,接近橘色。哪天我给你一些鸡蛋。"

我一言不发。

"他也养猪。"

我啜了口咖啡,有一刹那我尝到了波本威士忌的味道,然后我想,他可能是趁我离桌时加在我的杯子里的。不过这当然是胡思乱想,我离开时是带着杯子的,而且桌上的酒瓶装的是爱尔兰威士忌,不是波本。只是我已经很习惯喝咖啡时有这种错觉,我的记忆产生了种种变化,让我觉得脚下的锯木屑里有血,让我的咖啡里冒出波本味。

他说:"每年都会有几个农夫喝醉了跑到猪舍,有时候就醉倒在那儿,你知道接下来他们怎么样吗?"

"告诉我。"

"猪就把他们给吃掉了。猪会这样的。乡下有人会宣传说他收集死牛死马,替你处理动物尸体。猪需要一些荤的食物,你懂吧。吃了以后会长得更肥。"

"那保拉——"

"唉,老天啊。"他说。

我想喝杯酒。一个人想喝酒有一百个理由,但我现在想喝,是基于最基本的原因。我不想感觉自己此刻所感觉到的,我心里的声音告诉我,我需要喝杯酒,不喝酒我受不了。

但那个声音在说谎,你一定可以承受痛苦的。那种感觉会很痛,就像在伤口上撒盐一样,可是你撑得住的。而且,只有不断选择承受痛苦,而非喝酒解脱,你才能熬过去。

"我相信他是故意的,"米克·巴卢说,"他想用刀子杀掉她,把她丢到猪舍里,然后站在猪栏旁边看着猪吃掉她。没有人叫他这么做,她可以回到她原来熟悉的家乡，我们再也不会有她的消息。如果必要的话，他大可以吓唬她两句，可是没人叫他杀了她。所以我不得不认为，他这么做是因为他喜欢。"

"有些人会这样的。"

"对，"他热切地说，"而且其中偶尔也会有乐趣。你知道那种乐趣吗？"

"不知道。"

"我有过。"他说。他把瓶子转了转看着标签，眼睛不抬地说："可是没有好理由的话，你不能杀人。你不能随便编个理由当借口杀人。而且你也不能跟你不该骗的人乱讲那些该死的谎话。他在我那该死的农场里杀了她，还把尸体拿去喂我那该死的猪。然后他让我一直以为她回到印第安纳该死的曼西市，待在她母亲的厨房里烤饼干。"

"你昨天晚上去酒吧接他。"

"没错。"

"然后开车去阿尔斯特县，我想你是这么说的，去那个农场。"

"对。"

"然后你整夜没睡。"

"是，开车大老远跑去那儿，又大老远跑回来，今天早上我就想去望弥撒。"

"屠夫弥撒。"

"屠夫弥撒。"他说。

"一定很累,"我说,"一路开去又开回来,而且我想你一直在喝酒。"

"没错,而且开车也很累。不过,你知道,那段时间路上车子不多。"

"那倒是真的。"

"而且去的路上,"他说,"我有他做伴。"

"回来呢?"

"我就听收音机。"

"想必不会那么无聊。"

"的确,"他说,"凯迪拉克里头的音响不错,前后都有喇叭,声音棒得就像是好威士忌一样。你知道,她不是出现在猪舍里的第一具尸体。"

"也不是最后一具?"

他点点头,嘴唇紧闭,眼睛就像绿色的燧石似的。"也不是最后一具。"他说。

我们离开肉类市场的那个酒吧,从第十三街转到格林威治街,再往北到第十四街,接着右转到他停车的地方。他愿意载我去上城,可是我不想,我告诉他,不如让我自己坐地铁,省得他还得在下曼哈顿的车流里奋战。我们在那儿站了一会儿,然后他拍拍我的肩,绕到车子驾驶座那边上了车,而我则走向第八大道去坐地铁。

我坐地铁到市中心,下车后第一件事就是找公用电话。我不想用街边的电话,最后在一栋办公大楼的大厅里找到了一个电话亭。那电话亭还有个门可以拉上,不像外头的电话只有个敞开的小遮棚。

我先打给薇拉。寒暄问好之后,我打断她的话说:"保拉·赫尔德特克死了。"

"哦,你本来就在怀疑。"

"现在我确定了。"

16

"你知道是怎么发生的吗?"

"知道得比我想知道的还多。我不想在电话里讲。总之,我得打电话给她父亲。"

"我不羡慕你。"

"是啊,"我说,"我还有其他事情得办,可是晚一点我想见你。我不知道还得忙多久,我五点或六点过去怎么样?"

"我会在家。"

我挂断后,在亭子里坐了几分钟,空气很闷,我打开门,过了一会儿又关上,头顶上的小灯亮了起来,我拿起话筒,先拨0和317,再拨其余的号码。接线员接了电话之后,我告诉她我和赫尔德特克先生的名字,然后说我想打对方付费的电话。

他来接了电话之后,我说:"我是斯卡德。我花了很长的时间没有任何结果,然后突然间问题都解开了。细节我还不是很清楚,不过我想最好打个电话给你,事情看起来不妙。"

"我明白。"

"其实是看起来很糟,赫尔德特克先生。"

"呃,我怕的就是这个,"他说,"我太太和我,我们怕的就是这个。"

"今天晚些,或者明天,我应该会知道更多,到时候我会再打电话过去。不过我知道你和赫尔德特克太太一直希望能有好消息,而我想告诉你,不会有任何好消息了。"

"很谢谢你,"他说,"我六点前都会在这里,之后整晚我都会在家里。"

"我会跟你联络的。"

接下来几个小时,我进出了几个公家单位,我想要的资料大半都有,不过为了能拿到,我得随时给个几块钱。纽约就是这样，很多替市政府工作的人认为他们的薪水只不过是每天早上来签到的某种基本报酬，要让他们真的去做什么事，他们就希望能有额外的钱可拿。电梯检查员希望你贿赂他担保电梯安全，其他公务员发出建筑使用执照、检查房地产，或勘验餐厅是否违反建筑法规时，希望你塞红包给他们，否则他们就要公事公办。这种事一定会让外地人很困惑，不过在阿拉伯国家住过的人，或许会发现这一切很熟悉而且可以理解。

我想要的资料都很寻常，给的小费也微不足道。付出去的大概是五十块钱，或许多个几块。逐渐地，我开始明白我想要知道的事情。

快到中午时，我打电话给匿名戒酒会总会，告诉接电话的义工说我没带聚会的通讯录，想知道市政厅附近哪里有中午的聚会。他给了我一个钱伯斯街的地址。我到的时候，正赶上念开场白。我就坐下来一直待到聚会结束。我不知道自己有没有听进任何一个字，而我也没有做出任何贡献，除了我人坐在那儿，还有放在篮子里的一块钱。可是离开时，我很高兴自己来了。

聚会后我吃了个汉堡又喝了杯牛奶，然后去了更多公家单位，贿赂了更多公务员。离开最后一个办公室去坐地铁时，外头正在下雨。我到了第十五街下车，来到中城北区警局，雨已经停了。

我大约三点半到那儿，乔·德金不在。我说我等他回来，然后说如果他打电话回来，请他同事告诉他我在等他，有重要的事。最后他还真打电话回来，得到了口信，因为他四十五分钟之后赶回来时，第一件做的事情就是问我有什么重要的大事。

"每件事都很重要，"我说，"你知道我的时间值多少钱。"

"一个小时大约一元，不是吗？"

"有时候更贵。"

"我等不及想赶快退休了，"他说，"这样我就可以自己营业赚那些大钱了。"

我们上楼坐在他的办公桌旁。我拿出一张写了一个名字和地址的纸，放在他面前，他看看那张纸，又看看我，说："然后呢？"

"盗窃和杀人的受害者。"

"我知道，"他说，"我记得这个案子。我们已经结案了。"

"你们逮到凶手了？"

"没有，可是我们知道是谁干的。猴急的小毒虫，用同样的手法干了一堆案子，爬上屋顶从防火梯下来。我们没办法拿这个案子对付他，不过我们有一些证据充分的案子钉死他。他的法援律师让他认罪减刑，可是他还是得坐牢——我忘了得坐几年，可以查。"

"可是这个案子你没有实际证据?"

"没有,可是我们有足够理由结掉这个案子。反正这种事情我们做过够多了,没有证人、没有实际证据。怎么了?"

"我想看验尸报告。"

"为什么?"

"我等等再告诉你。"

"她被刀子刺中身亡。你还想知道些什么?"

"我等等再告诉你。另外还有一件事——"

"什么事?"

我拿了另外一张纸放在他桌上。"我还要其他验尸报告。"我说。

他瞪着我:"你到底在搞什么鬼?"

"哦,你知道的。像狗追骨头似的在外头奔走。如果有别的事情可忙,我也不会搞这些,可是你也知道所谓的魔鬼专找懒汉。"

"别他妈的胡扯了,马修。你手上真的有什么情报吗?"

"要看你能不能调出这些验尸报告,"我说,"然后我们就知道有什么收获了。"

我到薇拉家的时候,她穿着那条白色的牛仔裤和另一件丝衬衫,这件是灰绿色的。她的头发放下来了,披在肩上。我按了电铃后,她打开大门,然后在她那户公寓门口等我,匆匆吻过我之后,她把我迎进去,脸上尽是关切之色。"你看起来累坏了,"她说,"累惨了。"

"我昨天晚上没睡多少,早起之后,又在外面跑了一整天。"

她拉着我走向卧室。"你干脆马上补个觉,"她催我,"你不觉得你应该睡一下吗?"

"我绷得太紧了,而且我还有很多事得办。"

"好吧,至少我可以给你一杯好咖啡。我今天出门去一个雅皮天堂,那儿有五十种咖啡豆,一种比一种贵。我想他们是按豆子种类定价的,而且还能告诉你产自哪里,以及产地有哪些动物活动。我把三种咖啡豆各买了一磅,还有这个电动咖啡机,什么都不用做,等着喝咖啡就行了。"

"听起来很棒。"

"我倒一杯给你。我已经请店里磨好豆子了,他们还想卖磨豆机给我,这样我煮出来的每一杯咖啡都是最新鲜的,可是我想这样太没节制了。"

"我想你是对的。"

"尝尝看,看你觉得怎么样。"

我喝了一口,把杯子放在桌上。"不错。"我说。

"只是不错?哦,老天,对不起,马修。你今天很累很难熬,对不对?我还说话这么不经大脑。你要不要坐下来?我会尽量闭嘴的。"

"没关系,"我说,"不过如果你不介意的话,我想先打个电话,打给沃伦·赫尔德特克。"

"保拉的爸爸?"

"他现在应该在家。"

"你打电话的时候,要不要我回避?"

"不必,"我说,"你就待在这儿。其实我打电话的时候你可以听,反正我稍后也要跟你讲同样的事情。"

"你没问题就好。"

我点点头,拿起电话拨号时,她就坐在旁边。这回没等多久,赫尔德特克太太就来接电话了,我说要找赫尔德特克先生,她说:"斯卡德先生吗?他正在等你的电话,请稍等,我去叫他。"

赫尔德特克先生来接电话时,口气听起来像是勉强打起精神跟我讲话。"恐怕是坏消息。"我说。

"告诉我吧。"

"保拉死了,"我说,"死在七月第二个星期,我没办法确定是哪一天。"

"怎么发生的？"

"她和一个男朋友还有另外一对男女在船上度周末。那位男士有一艘快艇，是那种类似游艇的，平常交给市政府渡轮处保管。他们四个乘船去公海。"

"是意外吗？"

"不完全是。"我说，拿起咖啡喝了点，非常好的咖啡。"船，尤其是快艇，最近需求很大。相信不用我告诉你，毒品走私是个大生意。"

"其他人是走私毒品的吗？"

"不，保拉的同伴是证券分析师，另一位男士也在华尔街工作，他的女伴则在阿姆斯特丹大道经营艺廊。他们都是值得尊敬的人士。甚至没有证据显示他们曾嗑过药，更别说搞毒品生意了。"

"我明白。"

"总之，他们的船是偷偷被用来走私的，结果就成了抢匪的目标。这种类似海盗的行为在加勒比海愈来愈普遍。船主都学会要带枪上船，碰到其他船靠得太近就开火。北边海域的海盗比较少，可是现在也逐渐多了起来。一帮海盗假装他们的船没有燃料了，靠近保拉那艘船。他们上了船之后，就做了海盗通常所做的事情，杀害每个人，然后洗劫一空。"

"我的天哪。"他说。

"很抱歉，"我说，"我没办法说得更有礼貌。据我所能查到的，整个过程非常短，他们带着枪上船，没有浪费一点时间就把他们全部射杀。她痛苦的时间不会太久的，他们四个没有一个会。"

"上帝慈悲。在这个时代怎么可能发生这种事？海盗，那种戴金耳环装假腿，还有，还有，带着鹦鹉，埃罗尔·弗林在电影里演的那种，好像发生在古时候的事情。"

"我知道。"

"报纸上有报道吗？我不记得看到过。"

"没有，"我说，"这件意外没有官方记录。"

"那个男人还有另外那对男女是什么人？"

"我答应别人不能透露，如果你坚持要我讲的话，我就会食言，但我想最好不要。"

"为什么？哦，我猜得到。"

"那个男的是有妇之夫。"

"我就是这么猜的。"

"另外那对男女也结婚了，可是不是跟对方。所以让他们的名字曝光没有任何好处，他们的家人也希望能顾全颜面。"

"我可以了解。"他说。

"如果有任何调查进行的话，无论是警方或海岸防卫队的，我都会发现。不过这个案子根本没有调查就结案了。"

"为什么？因为保拉和其他人死了吗？"

"不，因为海盗也死了。他们在一桩毒品交易中全被干掉了。事情发生在劫船后几个星期,否则我很可能不会查出什么具体的事情。不过我碰到的一个人认识那个毒品交易另一方的人,他愿意讲出他所知道的,所以我才得知这些事情。"

他又问了一些问题,我都回答了,我花了一整天让我的故事合理,所以他问的问题我都已经有所准备。最后一个问题我等了很久,我本来以为他会早些问的,不过我想他很不愿意问。

"那尸体呢?"

"丢到船外了。"

"葬身大海。"他说。沉默了一会儿,他又说:"她一向喜欢水。她——"他的声音沙哑。"她小时候,"他说着,声音又回复正常,"我们会去湖边度假,你就是没办法让她不玩水。我以前叫她河鼠,如果不管她的话,她会游泳游上一整天。她就是喜欢那样。"

他要我等一下,让他告诉他太太这件事情。他一定用手遮住话筒了,因为我有好几分钟都没听到声音。然后他太太来接电话说:"斯卡德先生吗?我想谢谢你所做的一切。"

"很遗憾给你们这样的消息,赫尔德特克太太。"

"我早就知道了,"她说,"事情发生时我就已经知道了。你不觉得吗?就某种程度来讲,我想我一直都知道。"

"或许吧。"

"至少我不必再担心了,"她说,"至少现在我知道她在哪里了。"

赫尔德特克先生在电话里再度跟我道谢,问是不是还得付我钱。我说不必了。他问我是否确定,我说是。

我挂上电话,薇拉说:"那个故事真离奇,你一整个白天查出来的吗?"

"昨天晚上和今天早上。我早上打电话告诉他情况不妙,我想在告诉他细节之前,先让他和他太太有心理准备。"

"'你妈妈在屋顶上。'"

我瞪着她看。

"你不知道那个故事?有个人出差,他太太打电话告诉他说家里的猫死了,他就责备他太太:'你怎么可以讲得这么直接,这样可能会害一个人心脏病发作。你应该婉转一点,不能就这样打电话给一个人,直言不讳地告诉他那只猫爬上屋顶掉下来摔死了。首先,你应该打电话告诉他猫在屋顶上。然后再打一通告诉他,大家正在想办法,要把猫弄下来,消防队什么的都来了,可是看起来不太妙。然后,在你第三次打电话来给我的时候,我就已经有心理准备,你就可以告诉我猫已经死了。'"

"我猜得到结果是什么。"

"那当然,因为我已经把关键的那句话先讲了。他在出差途中又接到他太太的电话,他先寒暄问好,然后他太太说:'你妈妈在屋顶上。'"

"我想我就是这么做的,先告诉他说他女儿在屋顶上。光是听我讲电话,你跟得上整个情况吗?"

"应该可以吧。你怎么查出来的?我还以为你在找一个认识埃迪的坏蛋。"

"我是。"

"那怎么会扯上保拉?"

"运气。他不知道埃迪的事情,但他认识那些在毒品交易中干掉那批海盗的人,他带我去找一个人,我问对了问题,就知道了这些事情。"

"公海的海盗,"她说,"听起来好像老电影里的情节。"

"赫尔德特克先生也是这么说。"

"机缘。"

"什么?"

"机缘。你如果查一件事没有结果,却在查的过程中,意外发现另一件事的真相,不就是这个道理吗?"

"我做这一行,这种事情常常发生。可是我不知道有这样的形容方式。"

"嗯,就是这个说法啦。那她的电话和答录机又是怎么回事呢?还有她把衣服和其他东西都搬走,却留下寝具,那又是为什么呢?"

"那根本不重要。我猜想她带了很多衣服去度周末,或许其他东西放在她男友租来的公寓里。弗洛·艾德琳去她房间时,她觉得看起来是空的,除了寝具看不见其他东西,然后,房门没锁上的那段时间,或许有个房客拿走了其他剩下的东西,以为保拉是故意留下的。答录机没拿走是因为她以为保拉还会再回来。这没有留下任何线索,但却让我一直追这个案子,然后在我放弃之后,却发现了答案,几乎可以说是因为意外,或者因为你刚讲的那个什么字眼。"

"机缘。你不喜欢这个咖啡吗?太浓了?"

"没有的事,咖啡很好。"

"你都没喝。"

"我慢慢喝,我今天已经喝一大缸咖啡了,真是可怕的一天,不过这咖啡很不错。"

"我大概不太有信心,"她说,"这几个月来都在喝无咖啡因速溶咖啡。"

"呃,这回很有改善。"

"我很高兴。那埃迪那边你没查出什么新消息?他心里到底有什么秘密?"

"没进展,"我说,"不过反正我也没期望。"

"哦。"

"因为我已经知道了。"

"我没听懂。"

"真的吗？"我站起来，"我已经知道埃迪心里的秘密了，也知道他发生了什么事。赫尔德特克太太刚告诉我，她早就知道她女儿死了，在某种程度上，她已经感觉到了。我对埃迪的事情，感觉到的比她的层次更明显，可是我不想知道。我试着不去想，而我来这儿，只是想找出一些事情证明我猜错了。"

"猜错什么？"

"猜错让他良心不安的是什么。猜错他是怎么死的。"

"我还以为他是死于窒息式自慰，"她眉头皱了起来，"你是说他是自杀？他其实有自杀的动机？"

"'你妈妈在屋顶上。'"她瞪着我。"我没办法婉转地讲，薇拉。我知道发生了什么事，我也知道为什么。你杀了他。"

"是水合氯醛,"我说,"滑稽的是,除了我之外,别人不会注意到。他只吃了一小颗,不足以对他造成什么危害,也绝对不足以致死。

"但他戒酒,这表示他不应该有任何水合氯醛。根据埃迪的想法,保持清醒是不打折扣的,这代表不喝酒、不嗑药,也不服用镇静剂。他参加戒酒聚会后,曾经有一小段时间想试试抽大麻,然后知道这样行不通。他不会吃任何东西帮助入睡,即使是非处方药都不行,更别说像水合氯醛这种麻醉剂了。如果他睡不着,那就醒着,反正没有人会因为缺乏睡眠而死。你刚戒酒时,大家都会这么告诉你,天知道我自己都听得够多了。'没有人会因为缺乏睡眠而死。'有时候我真想拿把椅子,朝说这种话的人身上砸过去,可是事实证明他们是对的。"

她背靠着冰箱站着,一只手的掌心按着冰箱的白色表面。

"我想查出他死前是否保持清醒,"我继续说,"这对我来说好像很重要。或许因为如果是的话,那么他除了一连串小挫败便一无所有的一生,就有了一项胜利。于是当我知道水合氯醛的消息后,我就朝这个方向紧追不放。我在他的公寓很仔细地搜查过,如果他那

18

儿有任何药丸，我应该都会发现。然后我下楼来，在你的药物柜里发现了一瓶水合氯醛。"

"他说他睡不着，都快发疯了。他不肯喝口威士忌或来瓶啤酒，所以我就在他的咖啡里放了两颗药。"

"这个理由不好，薇拉。我搜过他的公寓后，曾给过你一个告诉我的机会。"

"呃，当时你太认真了。你搞得好像给酒鬼一颗镇静剂，就像万圣节时给上门讨糖果的小孩一颗藏了刀片的苹果似的。我暗示过你，他可能在街上买了一颗药，或者有人给了他一颗。"

"小绿圈。"

她瞪着我。

"你当时还这么叫，我们谈过，你假装把药名记错，装得很像，就好像你是第一次听到这个名词似的。演得不错，完全就像不经意的样子，可是时机不太对。因为几分钟前，我才刚在你的药物柜里，发现一瓶水合氯醛。"

"我只知道那是一种帮助入睡的药，不知道它叫什么名字。"

"药瓶标签上就有名字。"

"或许一开始我就没好好看过，或许我根本没有去记，或许我根本就不把这类细节放在心上。"

"你？你这种知道巴黎绿是什么的人？只要组织的领导下令，你就知道该怎么在市区自来水系统中下毒的人会这样？"

"又或许我只是脱口而出。"

"只是脱口而出。好吧，但我下次去看药物柜，里头已经没有那瓶药了。"

她叹了口气："我可以解释，我知道听起来会很蠢，可是我可以解释。"

"说说看。"

"我给他吃了水合氯醛。看在老天的分上，我不知道有什么理由不给他，他跑来跟我聊天，不肯喝咖啡，因为他说他失眠得厉害。我猜想他有心事，就是他打算告诉你的那些事，可是他一点都不愿意透露。"

"然后呢？"

"我告诉他低咖啡因咖啡不会让他睡不着，这个牌子好像还有助于入睡，至少对我有效。然后我瞒着他放了两颗水合氯醛在他的咖啡里。他喝完就上楼去睡觉了，后来我再看见他，就是跟你一起进去他公寓那次，他已经死了。"

"那你什么都没说的原因是——"

"因为我以为是我杀了他！我想我给他的药弄得他昏昏欲睡，结果他勒着自己脖子的时候，便失去知觉，导致他的死亡。那回你在我这儿过夜时，我很怕你会拿这个来对付我，我知道你对坚持戒酒有多么认真，而且我也看不出如果我承认自己做过什么害死他，会有什么好处。"她两手垂放下来。"我觉得自己好像有罪，马修，但那不表示我杀了他。"

"老天。"我说。

"你明白吗？亲爱的，你明白——"

"我明白的是，你即兴演出的本领有多好。想必你受过良好的训练，过去伪装了那么多年，在一个个新邻居和新同事面前演出，这些训练一定很了不起。"

"你还在追究我之前撒的那些谎。我并不引以为荣，但我想你说得没错，我已经学得让撒谎变成一种本能了。现在我必须学习一种新的行为模式，我正在和一个对我意义重大的人交往。如今游戏规则不同了，不是吗？我——"

"别再说那些鬼话了，薇拉。"

她好像挨了一拳似的往后缩了一下。"没用的，"我告诉她，"你不光是在他的咖啡里放一片药而已，你还用布条绕在他脖子上打了一个结，把他吊在水管上。对你来说想必不会太难，你块头大，又强壮，他只是个瘦小个子，而且你用水合氯醛弄昏他之后，他也不会挣扎了。你布置得很好，把他衣服脱光，放了几本色情杂志，整件事情就很明白了。你去哪儿买到那些杂志的？时代广场吗？"

"我没买那些杂志，我没做你刚刚说的那些事。"

"那儿的某个店员应该还记得你，你是会给人留下深刻印象的那种人，而且首先他们那儿的女顾客本来就不多。我想不必花太多力气，就可以找出记得你的那个店员。"

"马修,你自己听听看,你指控我的这些罪名有多可怕。我知道你累了,我知道你这一整天有多辛苦,可是——"

"我告诉过你别再胡扯了。我知道你杀了他,薇拉。你关上窗子,让臭气晚几天外泄,也可以让验尸的证据更不确定。然后你等着哪个人注意到那个臭气,就会来找你或去报警。你一点也不急,你才不在乎要过多久尸体才会被发现,重要的是他已经死了。这样他的秘密就会跟着他一起死掉。"

"什么秘密?"

"他无法释怀的秘密,他没有勇气说出来的秘密,关于他怎么杀掉其他人的秘密。"

我说:"可怜的曼根太太,她的所有老朋友都快死了,她也坐在这儿等着自己的死亡降临。没死的人都搬走了,有个房东曾找些街边的毒鬼搬进公寓,吓跑那些受房租管制保护的房客,还因此被罚款。他应该去坐牢,狗娘养的。"

她直直瞪着我,脸上的表情莫测高深,猜不出她心里在想些什么。

"可是很多人是自愿搬走的,"我继续说,"他们的房东收买他们,给他们五千、一万或两万元,请他们搬家。这一定让他们很困惑,拿出比他们一辈子所必须付的房租还多的钱,请他们空出公寓来。当然,他们拿那些钱是绝对找不到一个住得起的地方的。"

"这个社会就是这样。"

"很可笑的社会。那几个房间的租金住上二三十年都不会变,而公寓的屋主只要付一小笔钱就可以摆脱你。你原以为房东会保住这些固定的房客,可是同样的事情也发生在企业界。很多公司会给他们最好的员工一大笔退休金,请他们提早退休滚蛋。这样他们就可以找薪资低一点的年轻人来取代。这种事情难以想象,但的确发生了。"

"我不懂你提这些做什么。"

"不懂吗?我也拿到了格特鲁德·格罗德的验尸报告。她住在埃迪那户的正上方,就在埃迪开始戒酒那阵子死掉,而且她尸体里面的水合氯醛含量跟埃迪差不多。可是她的医生,或罗斯福医院、圣克莱尔医院的人,都从来没开过这个药的处方给她。我想你是去敲她的门,让她请你进去喝杯茶,趁她不注意的时候,你就在她的杯子里下药。出来之前,你会确定窗子没拴上,这样几个小时之后,埃迪就会带着刀溜进去。"

"他为什么要替我做这种事?"

"我猜你是用性控制他,但也可能是其他任何方法。他才刚开始戒酒,那时候精神很脆弱。而你很善于让别人替你去做你想做的事。你可能说服埃迪他是在帮那个老太太的忙,我听你谈过这方面的想法,说人们老了不应该是这样。反正她永远也不知道自己发生了什么事,药物会让她昏迷,她什么感觉都不会有。他只需要从他那户公寓的窗子爬出去,往上爬一层楼,把刀子刺进一个睡着的老太太身上。"

"为什么我不干脆自己去杀她?反正我已经进了她的公寓,也让她服下了水合氯醛。"

"你希望案子被当成小偷闯入。埃迪去做会更像那么回事。他从窗子回去之前,可以从里面锁上门,把门链拴上。我看过警方的报告,他们是破门而入的。这一点安排得很不错,看起来根本想不到会是公寓里的人干的。"

"我为什么会希望她死?"

"很简单,你想收回她那户公寓。"

"你搞错了,"她说,"我已经有自己的一户公寓了,还是一楼,不必爬楼梯。我要她的干吗?"

"我今天在市中心花了很多时间。大半个早上和大半个下午。要从公家单位查资料不容易,不过只要知道方法,而且知道该找哪些资料,就能查出很多事情。我发现这栋公寓的屋主是谁,一个叫戴斯克不动产公司的机构。"

"何必查,这个我也可以告诉你。"

"我也查到戴斯克的老板,是一个叫威尔玛·罗瑟的女士。我想要证明威尔玛·罗瑟和薇拉·罗西特是同一个人不会太难。你买下这个公寓，搬进来，可是你告诉大家你只是管理员，你的薪资用来抵房租。"

"不这样不行，"她说，"除非瞒着房客，房东不能住进自己的房子里。否则他们会一直跑来找你，要求这个那个的。而我这样只要耸耸肩，说房东不肯，或者我联络不到房东，或者随便什么就行了。"

"想从这儿赚到钱，"我说，"一定很困难，这些房客所付的房租远低于一般行情。"

"一直很困难，"她承认，"你提到的那个老太太格特鲁德·格罗德，她当然也有房租管制保护。她每年的房租，到最后还不够她冬天的暖气费用。可是你不能就说我因此而杀了她。"

"她只是其中之一。你不单拥有这栋公寓，除了戴斯克之外，你还另有两家公司。其中一家也属于威尔玛·罗瑟名下的公司，拥有隔壁那栋公寓的产权。另外一家公司登记在 W. P. 塔格特的名下，则拥有对街两栋公寓的产权。而威尔玛·P·罗瑟是三年前在新墨西哥州和埃尔罗伊·休·塔格特离婚的。"

"我已经养成用不同名字的习惯，说来这都是我的政治背景造成的。"

"对街的两栋公寓自从被你买下来之后，就成了一个非常不安全的地方。过去一年半来，有五个人死掉，一个是开煤气自杀，其他都是自然死亡。有的是心脏病发作，有的是呼吸衰竭。这些虚弱的老人孤单地死去,没有人太留意是怎么回事,你可以用一个老先生的床单闷死他,也可以拖着一个昏迷的老太太到厨房去,把她的头放在煤气炉上。这有一点危险,因为还是有可能会引起瓦斯爆炸,你可不希望只为了要杀了一个房客,就炸掉整栋公寓。这或许就是为什么这个方法你只用一次。"

"这些事一点证据也没有,"她说,"老人死掉很平常,如果我有几个房客让保险公司的理赔部门忙一点,那也不是我的错。"

"他们的尸体里都有水合氯醛的成分,薇拉。"

她想说什么,嘴巴张开,却说不出话来。她的呼吸沉重又急促,然后她的手伸到嘴边,食指摸着她在芝加哥被打掉那两颗牙齿后所换假牙上方的牙床。她又沉重地叹了口气,接着一脸如释重负的表情。

她拿起她的咖啡杯,在水槽倒空了,从柜子里拿出那瓶提区尔牌苏格兰威士忌,倒满杯子。她发着抖喝了一大口。"老天,"她说,"你一定很怀念这玩意儿。"

"偶尔。"

"换了我就会。马修,他们只是在等死,只是一天拖过一天。"

"所以你就帮他们的忙。"

"我给每个人都帮了忙,包括我自己。这栋建筑里有二十四户公寓,格局都差不多。如果重新整修一下，变成合作公寓，每一户至少都可以卖到十二万五千元。前面靠街的还值更多。重新装潢后，这些公寓会变得更好、更通风、更敞亮。如果装修得好的话，还可以卖到更好的价钱。你知道加起来会有多少吗？"

"两百万？"

"将近三百万。每一栋建筑都有这个价钱。买下这些房子花光了我从父母那边继承来的财产，还有贷款要付。收来的房租几乎不够开销、税金和保养费。每栋公寓都有几个房客的租金是接近一般行情，否则我这几栋房子就保不住了。马修，你想一个房东让房客以市价十分之一的价格赖在一户公寓里，这样公平吗？"

"当然不公平，公平的做法就是把他们弄死，让你赚一千两百万。"

"赚不了那么多。只要能让空户达到一定比例，我就可以把这栋楼卖给专门负责登记合作公寓的人。如果一切顺利，我的利润大概是每栋建筑一百万元。"

"那你就可以赚到四百万。"

"我也许会保留其中一栋，不知道，我还没决定。可是总之我会赚到一大笔钱。"

"对我来说很多。"

"其实没那么多。以前我们都以为百万富翁很有钱。现在如果乐透彩券的头奖是一百万，那就不算什么了。可是要是有个两三百万,我就可以过好日子。"

"真可惜,不能让你达成愿望。"

"为什么不能?"她伸手抓住我的手,我感受到她的热力。"马修,再也不会有人被杀害了,很久以前就已经停止了。"

"不到两个月前,这栋公寓里才有一个房客死掉。"

"在这栋?马修,那是卡尔·怀特,老天,他是死于癌症。"

"他的尸体里也有很多水合氯醛,薇拉。"

她的肩膀往下垂。"他死于癌症,"她说,"根据他的病情,也只有一两个月好活了。他一直很痛苦。"她抬眼看我:"你尽管那样想我吧,马修,你大可以为我是卢克雷齐亚·波吉亚①投胎转世的,可是你不能把卡尔·怀特的死解释为谋财害命。我只不过是因此损失他剩下几个月的房租而已。"

"那你为什么要杀他?"

"你一直在曲解这件事,可是我是出于慈悲。"

"那埃迪·邓菲呢?也是出于慈悲吗?"

"哦,老天,"她说,"我唯一后悔的就是他这桩。其他那些人要是有脑袋的话,他们就都会自杀。不,我对埃迪不是出于慈悲,杀他是为了保护自己。"

---

① 卢克雷齐亚·波吉亚,意大利文艺复兴时代贵族女子,为教皇亚历山大六世之私生女,因政治原因被其父婚配三次,毕生热心赞助学术与艺术。谣传她曾参与其家族下毒杀害对手的计划,并与其父兄有乱伦关系。法国文豪雨果的戏剧及意大利作曲家多尼采蒂的歌剧,均基于这些传说所编写,故后世对波吉亚的印象即为此种淫乱狠毒的女子。

"你怕他会说出去。"

"我知道他会说出去。其实他曾经跑来我这儿，告诉我他要说出去。当时他在匿名戒酒会，那个该死的可怜傻瓜，他还唠叨不休，像是那种看到耶稣基督在他们的烤箱上头显像而改变信仰的教徒似的。他说他得和某个人谈他的一切，可是我不必担心，因为他不会把我的名字说出去。'我杀了我那栋公寓里的某个人，让房东小姐可以收回那户公寓，不过我不会告诉你是谁叫我去干的。'他说他打算吐露秘密的那个人，绝对不会说出去。"

"他是对的，我不会说出去的。"

"你会对连续杀人案袖手旁观？"

我点点头："我曾经犯过法，但那不会是我第一次犯法，也不会是我第一次对杀人案袖手旁观。上帝没有派我来这个世界修正错误。我不是神父，可是他告诉我的任何事，我绝对都会像是神父对信徒的告解一样保密。"

"你会对我的事情保密吗？"她靠近我，双手握紧我的手腕，然后往上移。"马修，"她说，"第一天我请你进来，是想看你知道多少，但我大可不必跟你上床。我跟你上床，是因为我想。"

我什么都没说。

"我没想到自己会爱上你，"她说，"可是事情就是发生了。我觉得自己现在说这些好傻，因为你一定会曲解，可是这刚好是事实。我想你也开始认真了，这就是为什么你现在这么生气。可是从一开始，我们之间就有一种真实而强烈的感情，我现在还感觉得到，我知道你也感觉得到，不是吗？"

"我不知道自己有什么感觉。"

"我想你知道。而且你对我有好的影响，你已经让我去煮真正的好咖啡。马修，为什么不给我们俩一个机会？"

"我怎么能？"

"那是全世界最简单的事情。你唯一要做的，就是忘掉我们今晚所讲的话。马修，你刚刚说过，你不是被派来这世上修正错误的，如果埃迪告诉你什么，你都不会追究，为什么你不能为我这么做？"

"我不知道。"

"为什么？"她向我再靠近一点，我可以闻到她气息中的苏格兰威士忌味，也还记得她嘴里的味道。她说："马修，我不想再杀其他任何人了，这一切永远结束了，我发誓结束了。而且没有真正的证据可以证明我杀过任何人，不是吗？只不过是几个人的体内有非致命的普通药物而已。没有人能证明我把药给他们，甚至没有人能证明我有那种药。"

"我前几天把标签抄下来了，我有处方签的号码，有配药的药房，还有配药日期、药师的名字——"

"医生会告诉你我有失眠的问题，我买水合氯醛是要治疗我的老毛病。马修,没有具体的证据,而且我是可敬的市民,我有房地产,我请得起好律师。你想想看,检方有的都只是间接证据,他们的胜算能有多少?"

"这个问题很好。"

"而且,为什么我们要受这些折磨?"她一只手抚着我的脸颊,慢慢搓着我的胡茬。"马修,亲爱的,我们都绷得太紧了,太疯狂了,今天真是疯狂的一天。我们何不去睡觉?就是现在,就我们两个,我们脱掉衣服上床,看看之后会有什么感觉。你看怎么样?"

"告诉我你是怎么杀掉他的,薇拉。"

"我发誓他一点痛苦都没有,他根本不知道发生了什么事。我上去他的房间跟他聊天,他让我进去了,我给他一杯茶,里面放了药。然后我回到楼下,后来再上去看的时候,他睡得像只小羊似的。"

"然后你做了些什么?"

"看看你,以你的聪明当然猜得到啊。你是个好侦探。"

"你是怎么做的?"

"他几乎光着身子,身上只穿了件T恤。我用布条钩住水管,然后把他扶坐起来,再套住他的脖子。他都没醒,我只需要拉住绳子,让他因自己身体的重量而窒息。就这样。"

"那格罗德太太呢?"

"就跟你猜的一样。我让她喝下水合氯醛,然后打开她窗户的栓子。我没杀她,是埃迪杀的。他也把现场布置得像是打斗过似的,然后他从里面锁住门,由火灾逃生口回到他楼下的房子。马修,我杀的那些人都活得很厌倦了。我只是帮他们一个小忙,让他们走向已经快到的终点而已。"

"慈悲的死亡天使。"

"马修?"

我把她的手从我肩膀上拿开,往后退了几步。她的眼睛瞪大,我看得出她正在猜我会往哪里走。我深吸一口气,又吐出来,然后脱掉我的西装外套,挂在椅背上。

"哦,我亲爱的。"她说。

我拿下领带,跟外套放在一起,又解开衬衫的纽扣,把衬衫从腰际拉出来。她笑着走过来要拥抱我。我伸出一只手阻止她。

"马修——"

我把套头汗衫拉过头顶脱掉。这样她一定看得见电线了。她立刻看到电线绕在我的肚子上,就贴着肉,可是她花了一两分钟,才醒悟过来。

然后她明白了,她的肩膀一垂,脸垮了下来,伸出一只手来扶住桌子免得昏倒。

当她再给自己倒威士忌的时候,我拿着我的衣服走了出去。

我带她到警局。乔·德金策划得很漂亮，也多亏贝拉米和安德烈奥蒂的协助。薇拉没在警局里头待太久，因为她有那几栋房子，没有弃保潜逃之虞，于是被判交保释金，她的案子可能一时也不会解决。

我想案子不会开审。报纸上的篇幅很大，她的美貌和激进的过去都没有被报道。虽然她的律师会尽力阻止，但我跟她交谈所录下来的那些话应该可以成为法庭证据，不过除此之外，没有具体的证据。所以目前看来，她的律师会希望在开审前认个比较轻的罪名，而曼哈顿的地检署检察官也会同意。

19

我从埃迪的公寓拿走几样东西——大部分是书，还有他的钱包。有天晚上我把他所有匿名戒酒会的书带去圣保罗，把小册子放在桌子上那堆免费取阅的书堆里。我把他的《戒酒大书》和《十二阶段与十二传统》那两本书送给一个叫雷伊的新会员，之前我根本没正眼看过他。我不知道他是否还会继续参加聚会，也不知道他会不会保持戒酒的状态，但我想这些书总不会害他再去喝酒吧。

我留下他母亲的《圣经》，我自己已经有一本了，是詹姆士王钦定本，不过我想再加一本天主教的《圣经》也无所谓。我还是比较喜欢詹姆士王的版本，不过两本我都没看。

我花了超过七十二元的脑力,试图决定要怎么处理《圣经》里面的四十元和他钱包里的三十二元。最后我指定自己当他的遗嘱执行人,并雇用我自己去追查,解开他的谋杀之谜,然后遵照他的意思以七十二元酬谢我的服务。我把空钱包丢在一个垃圾桶里,要是有捡垃圾的人眼尖看到,最后无疑会很失望。

埃迪的葬礼由十四街圣伯纳德教堂隔壁的图米父子葬仪社处理,米克·巴卢安排的,钱也由他付。"至少有个神父在他上头替他祷告,而且可以葬在一个像样的公墓,有个体面的葬礼,"他说,"不过到场的人可能只有你和我。"然而我在聚会上提到这件事,结果有二十来个人去替他送葬。

巴卢很吃惊,把我拉到一旁。"我还以为只有你和我,"他说,"如果我知道会有这么多人,我会安排葬礼后的餐点,几瓶酒和食物之类的。你想我们可不可以请他们全到葛洛根去喝几杯?"

"这些人不会希望这样的。"我说。

"啊,"他说,然后看看全场,"他们不喝酒。"

"今天不喝。"

"原来他们就是这样认识埃迪的,他们现在全来送他了。"他思索了一下,然后点点头。"我想他去戒酒也不错。"他说。

"我也觉得。"

埃迪的葬礼过后没多久,我接到一通沃伦·赫尔德特克打来的电话。他们刚为保拉举行了一个小小的告别式,我想他打电话给我,是整个哀悼过程的一部分。

"我们宣布她死于船难,"他说,"我们谈论这件事,这好像是面对的最佳方式。我想她的确是死于船难,即使不完全是,也差不多了。"

他说他和他太太都一致同意付给我的钱还不够,"我已经寄一张支票给你了。"他说。我没有跟他争。我当了够久的纽约警察,已经不会跟任何想给我钱的人争辩。

"另外如果你想买车的话,"他说,"那是再欢迎不过,我会算成本价给你。我很乐意替你这么做。"

"我会不知道该把车停在哪里。"

"我知道,"他说,"换了我住在纽约,就算有人送我车我也不会想要。不过不管有车没车,反正我也不想住在那里。好吧,你应该很快就会收到那张支票了。"

三天后我收到了,一千五百元。我想确定自己会不会不安,最后的结论是不会。这是我赚来的,我花了很多力气去做事,也得到满意的结果。我推过那道墙,墙移动了一点点,所以我已经把工作真正做好了,也应该因此得到报酬。

我把支票存进银行,然后提了一些现金出来,付掉一些账单。又把十分之一换成一元,而且确定自己的口袋里常有足够的一元零钱,当我在路上碰到跟我要钱的人,我就照旧随意地给他们一元。

收到支票那天,我和吉姆·费伯吃了晚餐,我告诉他整个故事。我需要找人倾吐一下,而他有风度倾听一切。"我想出这笔报酬是怎么算的了,"我告诉他,"一千元是给我查出保拉的死因,一千五百元是报答我说谎。"

"你没办法告诉他真相。"

"嗯,我不知道有什么办法告诉他。我告诉他'一个'真相。我告诉他保拉死了,是因为她在错误的时间出现在错误的地点,我也告诉他杀保拉的人已经死了。葬身大海听起来要比喂猪吃好听多了,但这有什么差别?反正人就是死掉了,而且两种都同样是被吃掉。"

"我想是吧。"

"被鱼吃掉或被猪吃掉,"我说,"就这一点来讲,又有什么差别?"

他点点头:"你告诉赫尔德特克先生的时候,为什么希望薇拉听到?"

"我希望一开始焦点不在埃迪身上,而是保拉,这样我就可以让她放下防备,而且我想要她跟他们听到的是同一个版本,这样等她被逮捕之后才不会讲错话，"我想了想，"也可能我单纯只是想骗她。"

"为什么？"

"因为在我拿到埃迪的验尸报告，又在她的药物柜里发现水合氯醛之前，曾告诉过她很多我的事情。然后从那个时候开始，我就疏远她。之后我没再跟她睡过觉。那回我们一起出去，我想我是故意让她喝那么多酒。我希望她失去意识，我希望我们两个不要上床。我不确定是她干的，那时我什么都不知道，但我担心她会是凶手，所以我不想跟她太过亲密，或者有亲密的假象。"

"你在乎她。"

"当时有一点。"

"现在你有什么感觉。"

"不太妙。"

他点点头，又给自己倒了一杯茶。我们在一家中国餐馆，服务生已经给茶壶添了两次茶了。"哦，趁我还没忘记。"他说，伸手去掏他那件陆军夹克的口袋，拿出一个小小的硬纸板盒子。"这或许无法鼓舞你，"他说，"不过有点用处。这礼物送给你，来，打开看看。"

盒子里头是业务名片，很漂亮，是凸版印刷。上头印着我的名字，马修·斯卡德，还有电话号码。没别的了。

"谢谢，"我说，"很漂亮。"

"我心想,老天,你应该有盒名片。你有个哥儿们在开印刷店,你应该有名片才对。"

我再度谢谢他,然后笑了起来,他问我有什么好笑的。

"如果早先我有这些名片的话,"我说,"我就永远不会知道谁杀了保拉。"

一切便是如此。大都会队继续挺进赢得分区锦标赛,下个星期季后赛,他们将碰上道奇队。扬基队还是有胜算,但看起来,美国联盟应该是波士顿红袜队和奥克兰运动家队出线。

大都会队确定赢得分区锦标赛那天晚上,我接到米克·巴卢打来的电话。"我想到你,"他说,"这阵子你找一天来葛洛根吧,我们可以坐在那里一整夜,讲讲谎言和伤心的故事。"

"听起来不错。"

"到了早上,我们还可以赶去参加屠夫弥撒。"

"我会找一天去。"我说。

"我还在想,"他接着说,"来跟埃迪告别的那些人。你也参加那些聚会,是吧?"

"是。"

过了一会儿,他说:"这几天我可能会找你带我去。只是好奇,你知道,只是想去看看怎么回事。"

"随时欢迎,米克。"

"啊，不急，"他说，"没什么好急的，对吧？不过这几天我会抽出时间的。"

"随时告诉我一声。"

"啊，"他说，"等着瞧吧。"

季后赛我大概会去谢亚球场看一两场球。他们要解决道奇队应该不难。常规赛两队曾交手十二场，大都会队赢了其中十一场，所以他们应该可以轻松过关。

然而，你永远猜不到。在短短的系列战中，什么事情都可能会发生。

图书在版编目（CIP）数据

刀锋之先 /（美）劳伦斯·布洛克著；林大容译. -- 成都：四川人民出版社，2018.3
（马修·斯卡德系列）
ISBN 978-7-220-10670-5

Ⅰ. ①刀… Ⅱ. ①劳… ②林… Ⅲ. ①侦探小说—美国—现代 Ⅳ. ①I712.45

中国版本图书馆CIP数据核字(2017)第328027号

四川省版权局
著作权合同登记号
图 字：21-2018-17

Out on the Cutting Edge © 1989 by Lawrence Block
Published in the United States by Avon Books, an imprint of HarperCollinsPublishers, New York, New York
Published in agreement with the author, c/o BAROR INTERNATIONAL, INC., Armonk, New York, U.S.A. through Chinese Connection Agency, a Division of the Yao Enterprises, LLC.
本书中文译稿由城邦文化事业股份有限公司-脸谱出版事业部授权使用，
非经书面同意不得任意翻印、转载或以任何形式重制。
本中文简体版版权归属于银杏树下（北京）图书有限责任公司。

DAOFENG ZHI XIAN

刀锋之先

著　　者	[美]劳伦斯·布洛克
译　　者	林大容
选题策划	后浪出版公司
出版统筹	吴兴元
编辑统筹	梅天明
特约编辑	皮建军
责任编辑	李淑云　熊韵
装帧制造	墨白空间·陈威伸
营销推广	ONEBOOK
出版发行	四川人民出版社（成都槐树街2号）
网　　址	http://www.scpph.com
E - mail	scrmcbs@sina.com
印　　刷	北京中科印刷有限公司
成品尺寸	130mm×210mm
印　　张	9
字　　数	163千
版　　次	2018年6月第1版
印　　次	2018年6月第1次
书　　号	978-7-220-10670-5
定　　价	39.00元

后浪出版咨询(北京)有限责任公司常年法律顾问：北京大成律师事务所　周天晖 copyright@hinabook.com
未经许可，不得以任何方式复制或抄袭本书部分或全部内容
版权所有，侵权必究
本书若有质量问题，请与本公司图书销售中心联系调换。电话：010-64010019